Prioridad: seducción
Helen Brooks

Bianca™

◆ HARLEQUIN™

Editado por HARLEQUIN IBÉRICA, S.A.
Núñez de Balboa, 56
28001 Madrid

I.S.B.N.: 978-84-671-6604-0
Depósito legal: B-36874-2008
Editor responsable: Luis Pugni
Preimpresión y fotomecánica: M.T. Color & Diseño, S.L.
C/. Colquide, 6 portal 2 - 3º H. 28230 Las Rozas (Madrid)
Impresión y encuadernación: LITOGRAFÍA ROSÉS, S.A.
C/. Energía, 11. 08850 Gavá (Barcelona)
Fecha impresion para Argentina: 30.3.09
Distribuidor exclusivo para España: LOGISTA
Distribuidor para México: CODIPLYRSA
Distribuidores para Argentina: interior, BERTRAN, S.A.C. Vélez
Sársfield, 1950. Cap. Fed./ Buenos Aires y Gran Buenos Aires,
VACCARO SÁNCHEZ y Cía, S.A.
Distribuidor para Chile: DISTRIBUIDORA ALFA, S.A.

Capítulo 1

SIGO sin poder creer que te vayas, que éste sea tu último día de trabajo. Creía que ibas a echarte atrás. Quiero decir que… llevas aquí toda la vida, Gina.

Gina Leighton no pudo evitar sonreír a su compañera de trabajo.

–Quizá sea por eso por lo que me voy, Natalie. Porque, como tú acabas de decir, llevo aquí toda la vida.

Bueno, «toda la vida» eran once años, desde que salió de la universidad a la edad de veintiuno; pero, para Natalie, ella formaba parte inseparable de Breedon & Son. Y para el resto del personal. Sobre todo, para él.

–Sé que no me voy a llevar bien con Susan –comentó Natalie con pesar–. Susan no es como tú.

–Te irá bien, ya lo verás –mintió Gina.

Durante las últimas cuatro semanas, Gina había estado enseñando a Susan Richards, su sustituta, los entresijos del trabajo, y pronto se había dado cuenta de que Susan no tenía paciencia con Natalie. Natalie no era tonta, pero sí algo lenta y, con frecuencia, había que explicarle las cosas más de una vez; y Susan había decidido ignorar el hecho de que Natalie era sumamente trabajadora.

Sin embargo, eso ya no era problema suyo. En cuestión de unas horas, saldría de las oficinas de Breedon & Son por última vez. También se iría de Yorkshire, lugar donde había nacido y en el que se había criado, para trasladarse a Londres aquel fin de semana. Un trabajo nuevo, un piso nuevo… en definitiva, una nueva vida.

Gina movió unos papeles que tenía encima del escritorio.

–Natalie, antes de las copas de despedida, tengo que terminar unas cosas.

Su jefe había preparado una pequeña fiesta de despedida y Gina quería dejar acabadas unas cuantas cosas antes de la fiesta.

Una vez que Natalie salió del despacho de Gina, ésta se quedó mirando a la grande y cómoda estancia que había sido su lugar de trabajo durante los últimos cuatro años, desde que había sido nombrada secretaria personal del fundador de aquella empresa de maquinaría agrícola. Al principio se había sentido encantada debido al prestigio y al muy generoso salario del nuevo puesto de trabajo. Además, Dave Breedon era un buen jefe, un padre de familia cuyo sentido del humor se asemejaba mucho al de ella. Pero Dave Breedon no era el motivo por el que se marchaba…

–¿No vas a cambiar de idea en el último momento?

La voz profunda proveniente de la puerta la hizo volver la cabeza.

–No, claro que no –respondió Gina con una compostura que traicionaba la repentina violencia de los latidos de su corazón.

Siempre había logrado ocultar sus sentimientos por Harry Breedon, el único hijo y mano derecha de su jefe.

Gina contempló ese moreno y atractivo rostro, su mirada azul no traicionó sus sentimientos.

–No pensarías que iba a echarme atrás, ¿verdad?

Él se encogió de hombros.

–La esperanza es lo último que se pierde.

Ridículo, porque desde hacía ya mucho había aceptado el hecho de que el coqueteo de Harry no significaba nada para él.

–Lo siento, pero ya tengo las maletas hechas.

–Mi padre está destrozado –Harry entró en el despacho, se sentó en el borde del escritorio y clavó en ella sus ojos grises.

–¿Destrozado? No lo creo. Le agradezco mucho que sienta que me vaya, pero creo que eso es todo, Harry. Y Susan, como tú ya sabes, es muy eficiente.

Susan Richards. Rubia, atractiva y con la clase de cuerpo que cualquier modelo querría para sí. La clase de mujer que le gustaba a Harry. Durante los últimos doce meses, desde el regreso de Harry al Reino Unido tras el infarto de su padre, Gina había oído rumores en la oficina respecto a las numerosas novias de Harry, todas ellas rubias y delgadas. Por el contrario, ella era pelirroja y, aunque sus voluptuosas curvas podían haber estado de moda en tiempos de Marilyn Monroe, ahora no era así.

¿Por qué, sabiendo todo aquello, se había enamorado de Harry?, se preguntó Gina. Sobre todo, teniendo en cuenta que Harry no era la clase de hombre que duraba mucho con una mujer. Pero no podía evitar sus sentimientos, estaba locamente enamorada de él. Para Harry, ella no era más que la secretaria que compartía con su padre; por supuesto, se llevaban bien, pero nada más.

—Creía que no te gustó Londres cuando estabas estudiando allí en la universidad. Me lo dijiste en una ocasión.

Gina frunció el ceño.

—Te dije que me alegré de volver a casa, pero no que no me gustara Londres —le corrigió ella.

Harry se la quedó mirando unos momentos antes de levantarse del escritorio.

—En fin, es tu vida. Sólo espero que no acabes arrepintiéndote de tu decisión. Uno puede sentirse muy solo en una gran ciudad.

—Ya, rodeada de gente, pero sin nadie a tu lado, ¿verdad? —Gina asintió—. Tengo muchos amigos de los tiempos de universidad, así que eso no será un problema. Y, además, voy a compartir piso con una chica, así que no voy a vivir sola.

Gina no añadió que eso le preocupaba. Llevaba seis años viviendo sola en un pequeño y bonito ático con vistas al río. Allí, los fines de semana, hacía lo que quería, se levantaba cuando quería y no tenía que rendir cuentas a nadie. Pero el precio de los alquileres en Londres era muy diferente al de Yorkshire y, aunque el sueldo de su nuevo trabajo era bueno, no era suficiente para permitirse el lujo de pagar un apartamento ella sola.

—No olvides dejarnos tu nueva dirección —dijo Harry mientras se encaminaba hacia la puerta—. Puede que te llame cuando vaya a la capital a pasar unos días, incluso puede que te pida que me dejes dormir en el sofá alguna noche.

¡Ni en broma! Gina respiró profundamente y soltó el aire despacio.

—Bien —respondió ella, deseando poder odiarle.

Eso le haría la vida más fácil. Para empezar, no tendría que marcharse de su ciudad natal... aunque no estaba siendo justa. Incluso antes de enamorarse de Harry se había dado cuenta de que estaba en una encrucijada y que tenía que hacer algo con su vida. Sus dos hermanas y la mayoría de sus amigas estaban casadas y con hijos, y ya no salía tanto con ellas. Durante los doce meses que Harry llevaba allí, ella sólo había salido con un par de hombres y había sido desastroso. Había empezado a considerarse una solterona dedicada por entero al trabajo, a la casa y a ser la madrina de los hijos de otros.

Sus amigas la consideraban demasiado exigente con los hombres y reconoció que quizás lo fuera. Además, no estaba desesperada por encontrar marido. Lo que sí quería era tener una vida social más activa: ir al teatro, al cine, a clubs nocturnos, a buenos restaurantes y salir con amigos. Al fin y al cabo, sólo tenía treinta y dos años. Por eso le atraía Londres.

Había sido una buena decisión. Sí, sin duda lo era. Por supuesto, si Harry hubiera mostrado algún interés por ella… Pero no había sido así.

Gina se tragó el nudo que sentía en la garganta diciéndose a sí misma que ya estaba bien de llorar por él. Por difícil que fuera decirle adiós, quedarse sería un suicidio. Lo sabía desde aquel breve beso en Navidad. Sólo había sido un beso en la mejilla para él, nada; sin embargo, ella había soñado con ese beso noches y noches.

Fue entonces, en Navidad, cuando decidió que ya estaba bien, que tenía que dejar de torturarse a sí misma. Y acabó por convencerse el veintiséis de diciembre, cuando mientras sacaba a pasear a los perros de sus padres por el campo, vio a Harry en la distancia acompañado de su rubia del momento. Ella se había escondido detrás de un árbol para que no la vieran y, cuando pasó el peligro y reanudó el paseo, se dio cuenta de que dejar la empresa no era suficiente; tenía que irse lejos, a un lugar donde no pudiera encontrarse con Harry accidentalmente.

Y ahora estaban a principios de abril. La fecha señalada. La primavera.

Tenía que verlo todo así, como una oportunidad, como un nuevo comienzo. No debía sentir que el mundo había llegado a su fin.

No obstante, no estaba muy feliz cuando se reunió con todo el personal de la empresa en el bar. Le emocionó ver que estaban todos los empleados, más de un centenar, allí reunidos para darle la despedida. Y aún se emocionó más cuando le dieron como regalo un sistema de navegación por satélite para el coche.

–Para que no te pierdas cuando vengas a vernos –bromeó Bill Dent, el director de contabilidad, al darle el regalo.

Gina tenía fama, con toda razón, de no tener ningún sentido de la orientación.

–Muchas gracias a todos –concluyó Gina después de un pequeño y lacrimógeno discurso sin poder evitar mirar a Harry más de lo que le convenía y sin dejar de notar que Susan Richards no le dejaba ni a sol ni a sombra.

Gina se alegró cuando, después de una hora, la gente empezó a marcharse a su casa. Cuando sólo quedaban una media docena de personas, Gina se dirigió a su despacho para recoger sus cosas. Sintiéndose sumamente triste, se dejó caer en su silla y miró a su alrededor.

Dave entró un momento después, con Harry siguiéndole los talones. Sacudiendo la cabeza, Dave dijo:

–Ya te dije que no deberías marcharte. Y no soy sólo yo quien piensa eso, sino todos lo demás; a excepción de ti, por supuesto.

«No todos», pensó ella.

Forzando una sonrisa, Gina logró decir en tono ligero:

–Tengo que ampliar mis horizontes y es ahora o nunca. Decir adiós es muy difícil, pero…

–Ya que estamos hablando de estas cosas… –Dave se metió la mano en el bolsillo y sacó una pequeña caja envuelta en papel de regalo–. Es un regalo de agradecimiento. Lo digo en serio, eres la mejor secretaria que he tenido en la vida. Y no es que quiera chantajearte, es verdad. En fin, si no consigues acostumbrarte a Londres, ya sabes que para ti siempre habrá trabajo aquí, en Breedon & Son.

–¡Dios mío, es precioso! –después de abrir la caja, Gina se quedó contemplando el delicado reloj de oro que había dentro–. Muchísimas gracias. No esperaba…

Pero el nudo en la garganta le impidió continuar.

–Lo ha elegido Harry –dijo Dave–. Yo iba a darte un cheque, en mi opinión es algo más práctico, pero a Harry le pareció que sería mejor regalarte algo que te recordara el tiempo que has pasado aquí y, como había notado que llevabas unas semanas sin llevar reloj…

–Sí, se me ha roto –susurró ella.

Harry lo había notado.

–En fin, bueno, espero que te guste –Dave quería poner fin a ese momento, demasiado emotivo para él–. No olvides venir a vernos cuando vengas a visitar a tus padres, ¿de acuerdo, hija? En fin, yo ya me marcho, mi mujer me está esperando porque vamos a salir esta noche.

Dave volvió la cabeza y, mirando a su hijo, añadió:

–Harry, no te olvides de cerrar la oficina cuando te vayas. Y no te preocupes por la fábrica, ya hay alguien que ha quedado encargado de cerrar.

–Adiós, señor Breedon –dijo Gina poniéndose en pie para estrechar la mano de su jefe, que era de la vieja escuela y no daba besos ni abrazos a nadie. Sin embargo, impulsivamente, ella se puso de puntillas y besó la mejilla de Dave Breedon antes de volverse a sentar.

Dave se aclaró la garganta.

–Adiós, hija. Cuídate mucho –dijo Dave y, tras esas palabras, desapareció por la puerta rápidamente.

Tras unos segundos de tenso silencio, Harry comentó:

–No he visto tu coche en el estacionamiento esta mañana.

Sorprendida, Gina le miró mientras recogía unos papeles que tenía encima del escritorio. Él, apoyado contra una pared, le devolvió la mirada con esos ojos grises de expresión inescrutable. Ella había notado la capacidad de Harry para no mostrar con su expresión lo que estaba pensando; quizá fuera eso, en parte, lo que le había dado tanto éxito en los negocios desde que acabó sus estudios universitarios y trabajó en Alemania, Austria y Estados Unidos. Cuando regresó para ayudar a su padre con la empresa, había dejado un trabajo de mucha responsabilidad y muy bien pagado en una empresa farmacéutica de Estados Unidos, aunque eso se lo había dicho Dave Breedon. Harry jamás hablaba de su pasado.

–¿Mi coche? Bueno. Como sabía que iba a beber, no he traído el coche. Volveré a casa en taxi.

–No es necesario –Harry se enderezó–. Yo te llevaré a tu casa.

«¡No, no, no!» Gina había visto su coche, un deportivo que era la seducción sobre ruedas.

–Gracias, pero no es necesario que te molestes. Además, no te pilla de camino.

Harry sonrió. Gina se preguntó si era consciente del efecto devastador de su sonrisa. Sí, debía saberlo.

–Hace una tarde preciosa y no tengo nada que hacer. Tengo todo el tiempo del mundo.

–No, en serio. No quiero causarte tantas molestias.

–Insisto –replicó Harry.

–Y yo insisto en ir en taxi.

–No seas tonta –Harry volvió a acercarse al escritorio y se sentó en el borde, una costumbre suya–. Estás disgustada porque te vas. Llevas aquí toda la vida. No puedo abandonarte al anonimato de un taxi.

–No es que tú me abandones, es que yo prefiero ir en taxi.

–Y como es una tontería, me siento con derecho de ignorarlo. Voy a por la chaqueta.

–¡Harry! –gritó ella mientras él se ponía en marcha.

–¿Sí, Gina? –Harry volvió la cabeza justo antes de cruzar la puerta.

Por fin, Gina se dio por vencida.

–Esto es ridículo –murmuró ella.

–Vamos, ponte la chaqueta y deja de protestar.

Harry regresó al cabo de un minuto. Después de agarrar el sistema de navegación para librarla del peso, ella le dio las llaves de su despacho.

–Toma. Tenía intención de dárselas a Susan, pero…

Sin comentar nada, Harry aceptó las llaves y se las metió en el bolsillo.

Mientras se acercaban al ascensor, Gina dijo:

–Gracias por lo del reloj, Harry. Es realmente precioso.

–De nada.

Una vez dentro del ascensor, Harry añadió:

–Mi padre te está muy agradecido por todo y el reloj es un regalo de ambos. Y te portaste maravillosamente bien cuando tuvo el infarto. Cuando yo tuve que hacerme cargo de la empresa, no sé qué habría sido de mí sin ti, Gina.

Aquello era una tortura. Una tortura exquisita, pero tortura al fin y al cabo.

–Cualquiera habría hecho lo mismo.

–No, eso no es verdad –la grave voz de Harry enronqueció–. Quería darte las gracias.

–No es necesario, yo sólo he hecho mi trabajo; sin embargo, es de agradecer que se me aprecie en esta empresa –Gina forzó una sonrisa cuando las puertas se abrieron y, al salir al vestíbulo, lanzó un suspiro de alivio.

Pero el interior del coche se le antojó un infierno. Un espacio demasiado pequeño para estar con Harry a solas.

–Es un coche precioso –comentó ella–. Es como un juguete para niños, ¿verdad?

Harry volvió la cabeza, sonriendo.

–Tenía uno igual en Estados Unidos y fue entonces cuando me acostumbré a los coches rápidos.

–Debió ser duro para ti tener que dejar Estados Unidos, ¿no?

–Sí, lo fue –Harry puso en marcha el motor antes de volver la cabeza de nuevo hacia ella–. ¿Qué te parece si vamos a cenar?

–¿Qué? –perpleja, Gina se lo quedó mirando.

–¿Una cena? –repitió él con paciencia–. A menos, por supuesto, que tengas otros planes. ¿Una pequeña muestra de agradecimiento?

–Ya me has dado el reloj –dijo ella sonrojándose.

–El reloj ha sido de mi padre y mío. La cena es sólo cosa mía.

Era una locura decir que sí, pasaría todo el tiempo intentando ocultar lo que sentía por él; por otra parte, era una oportunidad única, jamás volvería a tener ocasión de pasar una tarde en compañía de Harry. Después de dos días, se marchaba a Londres definitivamente. ¿Podría soportar la agonía de no verle?

–Mis planes eran limpiar la casa –admitió ella con voz débil–. Pero puede puedo hacerlo en otro momento.

–Estupendo. Entonces, nos vamos a cenar. Conozco un restaurante italiano estupendo que no está muy lejos de mi casa. ¿Te gusta la comida italiana?

Gina no creía que pudiera comer aquella noche.

–Sí, me encanta.

–Voy a reservar una mesa.

Harry agarró su teléfono móvil, marcó un número y dijo:

–Roberto, hola –entonces habló en un italiano fluido, cosa que no sorprendió a Gina.

Una vez que acabó la llamada, Harry se guardó el teléfono móvil en el bolsillo, se volvió hacia ella y sonrió.

–Ya está. He reservado mesa para las ocho. ¿Te importa que pasemos antes por mi casa? Me gustaría cambiarme de camisa antes de cenar.

Su casa. Iba a verla.

–Bien –Gina asintió.

Durante el trayecto, Gina miró en más de una ocasión las manos de Harry agarradas al volante. Eran unas manos grandes, varoniles. ¿Qué sentiría si esas manos le acariciaran el cuerpo, exploraran sus más íntimos rincones?

–Deberíamos seguir en contacto, incluso salir a almorzar cuando vengas a visitar a tus padres –dijo Harry, sacándola de su erótica fantasía–. Te considero una amiga, Gina. Espero que lo sepas.

¡Genial!

–Sí, lo sé –Gina sonrió.

Una vez que ella estuviera en Londres, Harry sólo tardaría unos días en olvidarse de que existía. De hecho, quizá lo olvidara al día siguiente. Harry no era la clase de hombre que tenía amigas, sólo amantes.

Ya era completamente de noche cuando Harry dejó la carretera secundaria por la que llevaban circulando un rato y cruzó las puertas de una imponente verja de hierro para tomar un camino de grava. A ella le sorprendió la distancia que habían recorrido; no sabía que la casa de Harry estuviera tan lejos de Breedon & Son, había supuesto que él vivía cerca de la casa de sus padres.

El camino de grava estaba rodeado de arbustos y árboles que ocultaban la casa y, de repente, entraron en una explanada dominada con césped. La casa estaba delante.

Gina había imaginado que Harry viviría en una casa moderna o un palacete de finales del siglo XIX; sin embargo, la pintoresca casa de campo no era ninguna de las dos cosas.

–¿Es ésta tu casa?

–¿Te gusta? –preguntó él acercando el coche a la entrada.

¿Que si le gustaba? ¿Cómo no iba a gustarle? Era una casa con fachada pintada en blanco, ventanas antiguas y tejado de paja. La terraza que lo rodeaba tenía una mesa y sillas para las noches de verano. Rosales trepadores y hiedra adornaban la fachada. Sí, era una casa de campo inglesa digna de una postal, el último lugar en el que habría imaginado que Harry viviría.

Como si le hubiera adivinado el pensamiento, Harry dijo:

—En Estados Unidos tenía una casa moderna con mucho cristal y mucho acero y vistas al mar. Me apetecía un cambio.

—Es maravillosa —dijo Gina mientras él le abría la portezuela para ayudarla a salir del coche.

Harry se encogió de hombros.

—Es un sitio para vivir de momento. Pero no soy la clase de persona a quien le gusta echar raíces.

—¿Por eso has viajado tanto?

—Supongo que sí.

Gina se lo quedó mirando.

—Tu padre espera que decidas hacerte cargo del negocio familiar, ¿verdad?

—Nunca lo he considerado como una opción —Harry abrió la puerta de la casa y se echó a un lado para cederle el paso.

El vestíbulo era amplio, el suelo de tarima había sido restaurado y barnizado, y su color reflejaba el color miel de las paredes, decoradas con algún que otro cuadro.

—Accedí a venir y ayudar a mi padre durante un par de años —añadió Harry—; en parte, para ayudarle a ir dejando las riendas del negocio con el fin de que le resulte más fácil desprenderse de él a la hora de venderlo. Pero eso es todo.

–Entiendo –la verdad era que no lo entendía, pero no era asunto suyo–. ¿Así que piensas volver a los Estados Unidos?

Harry volvió a encogerse de hombros.

–Los Estados Unidos, Alemania o incluso Australia. No lo sé todavía. He invertido una buena parte del dinero que he ganado estos últimos años y las inversiones han resultado muy fructíferas. En realidad, no necesito trabajar, pero seguiré haciéndolo. Me gustan los retos.

A Gina le habría gustado hacerle preguntas, saber más de su vida; sin embargo, el rostro de Harry se había ensombrecido por lo que, decidiendo cambiar de tema, dijo:

–Se ve todo sumamente limpio y sin una mota de polvo. ¿Viene alguien a limpiar?

–¿Estás insinuando que los hombres no sabemos limpiar? Es un comentario algo machista, ¿no te parece? –Harry sonrió traviesamente mientras la conducía a un cuarto de estar dominado por una magnífica chimenea en el que el suelo estaba salpicado de bonitas alfombras, sofás y sillones–. Pero tienes razón, la señora Rothman viene a limpiar tres veces por semana y es ella quien lo hace todo. Es un tesoro.

–¿Y también te deja comida preparada? –preguntó ella cuando Harry, con un gesto, la invitó a sentarse.

–No, de eso nada. Aunque esté mal que yo lo

diga, soy un gran cocinero. ¿Te apetece una copa de vino mientras esperas? ¿Tinto o blanco?

–Tinto. Gracias.

Harry desapareció y volvió al cabo de un momento.

–Aquí tienes tu copa de vino –dijo Harry acercándose a ella con una enorme copa de vino–. Voy a cambiarme, no tardaré. Si quieres entretenerte, ahí hay unas revistas.

Harry le indicó una mesa auxiliar y añadió:

–Y, como ves, en la mesa tienes unos frutos secos y unas aceitunas. Toma lo que quieras.

–Gracias.

Tan pronto como Harry volvió a dejarla sola, Gina se acercó a la mesa y empezó a dar buena cuenta de los frutos secos, decidiendo que ya se preocuparía de las calorías al día siguiente. Esa noche iba a necesitar permanecer sobria y con sus facultades mentales intactas. Un desliz, una mirada y Harry podría darse cuenta de lo que sentía por él. Y ella se moriría.

Con la copa de vino en la mano, se paseó por la estancia. Se detuvo al pasar por el espejo encima de la chimenea y se miró. La suave iluminación de aquel cuarto hacía que su cabello pareciera más dorado que rojizo y hacía que las pecas que le cubrían todo el cuerpo se vieran más suaves. Sin embargo, la luz no logró disimular sus inocuos rasgos, y la irritación que eso le causó hizo que salieran chispas de sus ojos azules. Ése era el motivo por el que Harry jamás se le había insinuado. Quería ser una mujer fatal, una mujer alta, delgada y elegante; pero no era más que una mujer pechugona y con buenas caderas. Incluso su madre admitía que era «gordita», lo que el resto de la gente llamaba «entrada en carnes».

Después de mirarse durante un minuto, Gina se acercó a la ventana, que daba a la parte de atrás de la casa, y allí se terminó la copa de vino.

—No vas a ver mucho.

Harry había entrado en la estancia sin que le oyera y Gina se sobresaltó. Se colocó a su espalda, con las manos tocándole suavemente la cintura, y dijo:

—A la izquierda, detrás de un viejo castaño, hay una piscina y una pista de tenis, pero esta demasiado oscuro para que puedas ver nada. ¿Te gusta el deporte?

¿El deporte? No sabía por qué le había puesto las manos en la cintura y, haciendo un esfuerzo ímprobo, logró murmurar:

—Nado un poco —pero no añadió que llevaba años sin jugar al tenis porque, se comprara el sujetador que se comprara, sus pechos subían y bajaban como locos.

—Tienes que venir en verano a bañarte, si es que pasas por aquí.

—Estupendo.

—Bueno, si te parece bien, podríamos irnos ya.

Cuando Harry la soltó, se sintió aliviada y

abandonada al mismo tiempo. Y al darse la vuelta, se dio cuenta de que no sólo se había cambiado de ropa sino que también se había dado una ducha. De repente, se le vía diferente. En el trabajo, sólo llevaba trajes de chaqueta y corbata; ahora, con una camisa negra y unos pantalones negros, era todo magnetismo animal.

Controlando una oleada de puro amor, Gina le dio su copa de vino vacía y se acercó al sofá donde había dejado el bolso y la chaqueta, al tiempo que volvía la cabeza y le decía:

–Has sido muy amable, Harry. En casa sólo tenía judías en lata y pan para hacerme unas tostadas.

–Es un placer.

Harry le quitó la chaqueta de las manos para ayudarla a ponérsela y ella se alegró enormemente de que no pudiera leerle el pensamiento. Después, tras respirar profundamente, salió de la estancia a paso ligero.

Capítulo 2

POR qué estaba haciendo eso? ¿Por qué la había invitado a cenar esa noche? No había sido su intención invitarla. Sólo había querido despedirse de ella cordialmente y no a solas.

Cuando Harry se metió en el coche, miró a Gina de soslayo durante un segundo. Él, por educación y por personalidad, era un hombre muy racional. Incluso frío, le habían dicho algunas novias.

Sabía exactamente lo que quería. Desde lo de Anna. Quería independencia. Quería seguir su propio camino sin ataduras ni responsabilidades. Compañía y sexo por supuesto, y pasar buenos ratos con mujeres que le entendían. Pero nada más.

Después de estudiar administración de empresas en la universidad y de trabajar en un par de empresas con el fin de ganar experiencia, se le había presentado la oportunidad de trabajar en una importante empresa en Estados Unidos y la había aprovechado al máximo, a pesar de significar trabajar prácticamente veinticuatro horas al día. Pero no le había importado porque había sido después de lo de Anna.

–¿Está lejos?

La suave voz de Gina, a su lado, le hizo volver la cabeza.

–Sólo faltan unos tres kilómetros –respondió Harry al tiempo que tomaba una carretera secundaria–. Es un restaurante pequeño y nada pretencioso, pero la comida es excelente. Roberto es capaz de hacer algo especial de un plato sencillo. La primera vez que vine y pedí una ensalada de pimientos rojos, creí que era un plato bastante normal. Pues no, me equivoqué. A los pimientos les pone alcaparras, anchoas y albahaca, y no puedes imaginar lo buena que está.

–Se me está haciendo la boca agua.

Harry sonrió.

–¿Eres una de esas personas que viven para comer en vez de comer para vivir? –preguntó él lanzándole una mirada de soslayo que la sorprendió arrugando la nariz.

–¿No se me nota? –contestó ella en un ligero tono de disgusto.

La sonrisa de Harry se desvaneció. No sabía qué era lo que le había atraído de esa dulce pelirroja desde que la conoció, pero estaba seguro de que, en parte, eran sus voluptuosas curvas.

–Tienes una buena figura –declaró él con firmeza.

–Gracias.

–Lo digo en serio. En los tiempos que corren, hay demasiadas mujeres que no parecen mujeres. Las hojas de lechuga están bien para los conejos, pero ya está. No soporto a las mujeres que se pasan toda la cena mordisqueando una rama de apio y bebiendo agua mineral al tiempo que te aseguran que están llenas.

–Eso es lo que dices, pero apuesto a que todas las mujeres con las que sales son delgadas.

Harry abrió la boca para negarlo, pero Gina tenía razón. Salía con mujeres muy delgadas. ¿Por qué?

Porque, según le había demostrado la experiencia, las mujeres obsesionadas con su cuerpo y su apariencia física tendían a centrarse en sí mismas; sobre todo, las que tenían ambiciones profesionales. Y ésas eran las mujeres con las que le gustaba salir: menos caseras y más inclinadas a salir por ahí, a ver y a dejarse ver. Eran mujeres que se habían puesto metas en sus vidas, que no buscaban un final feliz en una relación, sino buena compañía, entretenimiento y sexo.

En ese caso, ¿por qué había invitado a Gina a cenar?

Al darse cuenta de que no había contestado a la pregunta de ella, declaró:

–La anorexia se está convirtiendo en un serio problema. Y nadie en su sano juicio puede decir que esas mujeres, muchas de ellas muy jóvenes, sean atractivas.

–No, supongo que no.

Realizaron el resto del trayecto en silencio.

Cuando Harry paró el coche en el pequeño estacionamiento del restaurante, situado en las afueras de un pueblo de Yorkshire, volvió la cabeza y, bajo la débil luz que proyectaban dos farolas, se quedó mirando los reflejos cobrizos del cabello de Gina. Entonces se preguntó si le ofendería que le pidiera que se lo soltara. Era un pelo precioso.

No, qué tonterías estaba pensando. Aquello era una cena, nada más.

Harry salió del coche, lo rodeó y fue a abrirle la puerta a Gina. El aire estaba cargado con el aroma a vegetación. Él la miró mientras ella respiraba profundamente.

—Voy a echar mucho de menos esto en Londres.

—Entonces, no te vayas.

—Tengo que hacerlo.

—¿Por qué?

—El lunes empiezo mi nuevo trabajo. Ya tengo un piso. No puedo quedarme.

—Sí, supongo que tienes razón. Bueno, será mejor que entremos, estoy muerto de hambre.

Una vez que Roberto les dejó sentados a la mesa con los menús y una botella de vino, Gina anunció:

—Creo que, de primero, voy a tomar esa ensalada de pimientos de la que me has hablado en el coche. Y luego creo que voy a pedir *tagliatelle*.

—Buena elección —Harry asintió—. Pediré lo mismo.

Después de pedir la cena, Harry alzó su copa de vino.

—Por tu nueva vida en la gran ciudad. Que el cielo te proteja de todos esos lobos que van a merodear a tu alrededor.

Gina se echó a reír.

—No creo que corra ese peligro.

Aquélla no era la primera vez que Harry notaba la falta de autoestima de Gina.

—Permíteme que te contradiga.

En tono de voz incierto, Gina contestó:

—Gracias. Eres muy galante.

—No es una cuestión de galantería, estoy hablando sinceramente —Harry se inclinó hacia delante—. No tienes una gran opinión de ti misma, ¿verdad, Gina? ¿Por qué…? ¿O es una pregunta demasiado personal?

Gina se encogió de hombros.

—Supongo que se debe a que siempre he sido el patito feo de la familia —respondió ella con voz débil—. Mis dos hermanas, ambas mayores que yo, tienen el pelo castaño, no rojo, y no están llenas de pecas. Además, sólo a mí tuvieron que hacerme ortodoncia y sólo yo tuve que ir al médico a tratarme el acné.

Los ojos de Harry se pasearon por la cremosa piel de ella… salpicada de pecas. Pero a él le gustaban las pecas y también los dientes de Gina, blancos y derechos.

—Mis felicitaciones a tu dentista y a tu médico. Eres una mujer encantadora, aunque no te des cuenta de ello.

Gina se sonrojó profundamente y él observó el sonrojo con fascinación. Cuando la vio a punto de estallar, dijo:

–Según recuerdo, tus dos hermanas están casadas, ¿verdad? –fue un cambio de conversación dirigido a aliviar el nerviosismo de ella, no porque le importaran las hermanas de Gina.

Gina asintió.

–Bryony tiene un niño de tres años; Margaret tiene dos niñas, una de ocho y otra de cinco. Así que tengo tres sobrinos, los tres un encanto.

–Por como lo dices, pareces quererles mucho.

–Sí, claro.

–¿Te gustaría casarte y tener familia algún día?

Una sombra cruzó las facciones de Gina.

–No sé.

–¿Que no lo sabes?

Gina sonrió tímidamente antes de contestar.

–Para eso tendría que encontrar antes a un hombre con quien casarme –Gina agarró su copa de vino y bebió un sorbo.

–Seguro que en Londres conocerás a alguien.

–¿Seguro? Encontrar al hombre ideal no es tan fácil. Además, yo voy a Londres para trabajar y, quizás, viajar un poco. Eso es todo.

Harry se la quedó mirando. No, eso no era todo. ¿Acaso Gina había sufrido una decepción amorosa? Sin embargo, si era así, ella nunca lo había mencionado.

–Nunca se me había ocurrido pensar en ti como la clase de mujer a la que le interesa más el trabajo que la familia y los hijos, Gina.

–¿No? –Gina le miró directamente a los ojos, pero su expresión era inescrutable–. Eso es porque no me conoces bien.

De repente, Harry se sintió como si le hubieran abofeteado. Pero sí, Gina tenía razón, no la conocía. Sabía muy poco sobre su vida y menos sobre su vida amorosa.

Recuperando la compostura rápidamente, Harry preguntó:

–Dime, ¿cuáles son tus ambiciones? ¿Tienes intención de quedarte a vivir en la capital definitivamente?

Gina pareció reflexionar unos momentos.

–No lo sé. Es posible. Como ya he dicho, me gustaría viajar. Quizá logre incorporar viajes en el trabajo, eso sería perfecto.

Ésa era una faceta de Gina que él no había sospechado. Cuando anunció que dejaba la empresa, se había quedado muy sorprendido. Siempre había considerado a Gina una mujer tranquila, equilibrada y con los pies en la tierra.

–Entiendo –Harry la miró fijamente–. Me estás dejando muy sorprendido, Gina Leighton. Supongo que te imaginaba más casera. Pensaba que eras una de esas personas que no son felices estando lejos de su tierra natal.

–Londres no es precisamente el fin del mundo –respondió ella alzando la barbilla.

–No, claro que no. Y, por favor, no me malinterpretes, no lo he dicho a modo de crítica –se apresuró a asegurarle Harry.

–Bien –Gina bebió otro sorbo de vino.

–Te aseguro que comprendo perfectamente que la gente quiera viajar, a mí me ocurre también. Es sólo que creía que tú eras diferente, más…

–¿Aburrida?

–¿Aburrida? –Harry la miró con auténtica incredulidad–. Nunca te he considerado aburrida. ¿Por qué has dicho eso? Yo iba a decir que te consideraba una persona satisfecha con lo que tiene, con su vida.

–Una persona puede sentirse satisfecha con su vida y, al mismo tiempo, desear algún cambio –declaró ella justo en el momento en que una camarera les llevaba las ensaladas de pimientos.

Una vez que la camarera se hubo marchado, Harry alargó un brazo por encima de la mesa y tocó la mano de Gina brevemente.

–No ha sido mi intención ofenderte –dijo él con voz suave–. Y te juro que jamás se me ha ocurrido pensar que fueras aburrida.

Desconcertante, quizá. En ocasiones, perturbadora, como cuando la besó en la fiesta de Navidad. Y en el par de ocasiones que Gina había ido a trabajar con la melena suelta, él había tenido que meterse las manos en los bolsillos para contener la tentación de acariciar esa masa de cabellos cobrizos. Pero… ¿aburrida? Nunca.

Gina se encogió de hombros.

–De todos modos, da igual.

Gina había retirado la mano casi al instante que él se la había rozado, lo que le sugirió que ella estaba algo molesta.

–No da igual –contestó Harry con dureza en la voz, irritado–. Somos amigos, ¿no?

–Somos… éramos, fundamentalmente, compañeros de trabajo. Nos llevábamos bien, pero eso no es lo mismo que ser amigos.

Harry se la quedó mirando. Gina tenía las mejillas encendidas y los ojos le brillaban, pero su expresión seguía siendo inescrutable. No recordaba cuándo había sido la última vez que no sabía qué decirle a una mujer, pero eso era justamente lo que le estaba ocurriendo en ese momento.

–Está bien, dime, ¿qué es para ti un amigo? –preguntó Harry, por fin, mientras se recostaba en el respaldo de su asiento.

Gina probó la ensalada de pimientos y anunció que estaba deliciosa antes de contestar:

–Un amigo es alguien con quien siempre puedes contar. Con un amigo puedes llorar o reír. Un amigo te conoce bien y está a tu lado. Un amigo es parte de la vida de una persona.

Harry se tomó aquellas palabras como un insulto.

–Y, al parecer, eso no tiene nada que ver conmigo, ¿verdad? ¿Es eso lo que estás diciendo?

–¿Acaso tú crees que sí? –preguntó ella en tono neutral.

–Sí, creo que sí.

–Harry, tú y yo jamás nos habíamos visto fuera del trabajo y, además, sabemos muy poco el uno del otro.

Pero él sacudió la cabeza obstinadamente.

–No digas tonterías, sabemos mucho el uno del otro –declaró él con firmeza, más irritado aún al ver la mirada cínica de ella.

¿Por qué le importaba tanto la opinión de ella sobre su relación?

–Sé que tienes dos hermanas, que tu mejor amiga se llama Erica y que sacas a pasear al perro de tus padres para hacer ejercicio. ¿Te parece que no sé nada de ti? –incluso a él sus palabras le parecieron petulantes.

Gina suspiró y volvió a llevarse el tenedor a la boca.

–Sabes algunas cosas sobre mí, hechos, pero no sabes nada de mis sentimientos.

Harry, cada vez más irritado, prefirió callar y comer. Pero los pimientos no le sabían a nada. Dijera lo que dijese Gina, había amistad entre ambos, a pesar de que ella se empeñase en que sólo eran compañeros de trabajo. Él lo sabía, sabía que había algo entre los dos.

Clavó el tenedor en un pimiento con innecesaria violencia. Nunca se había insinuado a Gina porque sabía que no era la clase de mujer dada a inconsecuentes aventuras amorosas y él no podía ofrecer más. Pero eso no significaba que no hubiera algo entre los dos.

La camarera se acercó tan pronto como acabaron y Gina, inmediatamente, se puso en pie agarrando su bolso.

–Voy un momento al lavabo –y se alejó al instante.

Harry se quedó sentado, esperándola. Creía que la conocía, pero ella le había demostrado lo equivocado que estaba. Ahora resultaba que esa hermosa mujer de cálida piel y cobrizos cabellos era una desconocida.

No, no entendía nada.

Harry vació su copa de vino, pero resistió la tentación de servirse otra y, tras agarrar la botella de agua que les habían llevado con el vino, se llenó un vaso.

Era ridículo enfadarse. Gina se marchaba de Yorkshire ese fin de semana y no había por qué darle más vueltas al asunto. Y Susan Richards le había dejado muy claro que estaba dispuesta a divertirse con él sin exigirle nada a cambio. Ésa sí que era la clase de mujer que a él le convenía.

Tras lanzar un quedo bufido, Harry dejó el vaso de agua encima de la mesa y, de haberlo dejado con un poco más de fuerza, lo habría roto.

Capítulo 3

QUÉ le ocurría? ¿Por qué le había desafiado de esa manera?, se preguntó Gina mirándose al espejo del baño.

Pero lo sabía. Harry la había provocado con su actitud, desatando su genio. Cuando sus hermanas y ella eran pequeñas, su padre no había dejado de advertirles que pensaran antes de hablar; a veces, lamentándose de ser el único hombre en una casa con cuatro mujeres.

¿Que Harry la había creído una mujer hogareña? ¡Cómo se podía ser tan paternalista! ¿Por qué no iba ella a poder perseguir una carrera profesional?

De repente, su cólera se evaporó y los ojos se le llenaron de lágrimas. Ella tenía la culpa de todo. No debería haber aceptado la invitación a cenar.

Cuando volvió al comedor, se quedó sin respiración al volver a verle. Pero claro, eso le ocurría siempre, debería haberse acostumbrado.

Llegó a la mesa justo en el momento en que la camarera se presentó con los segundos platos. Una suerte. Así podría concentrarse en la comida, pensó mientras se deslizaba en el asiento y le devolvía la sonrisa a Harry. Y también era una suerte que él estuviera sonriendo. Le había parecido que estaba irritado con ella y no podía echárselo en cara.

–¿Más vino? –Harry ya le estaba llenando el vaso y ella no protestó, a pesar de que el vino podía hacerla decir o hacer alguna tontería.

Tras ordenarse a sí misma mantener la calma, bebió un pequeño sorbo de vino y después probó los *tagliatelle*. Estaban deliciosos. Eran los mejores que había comido en su vida y se lanzó al ataque de aquel extraordinario plato.

Cuando acabó el segundo plato, Gina había descubierto que podía reír con ganas a pesar de tener el corazón casi destrozado. Harry parecía empeñado en demostrarle que podía ser el compañero perfecto en una cena, a pesar de la pequeña discusión de antes, y no había dejado de contarle anécdota tras anécdota, mostrando el agudo ingenio que, entre otras cosas, le había atraído de él desde su primer encuentro. En aquel tiempo, ella había intentado por todos los medios que Harry se fijara en ella como mujer; ahora, por fin, ya no tenía ese problema. Harry la consideraba una amiga, sólo una amiga, y ella hacía ya tiempo que lo había aceptado.

Gina eligió de postre merengue de pistacho con frutas silvestres. También estaba excelente. Después de aquella cena, no iba a comer en una semana y eso fue lo que dijo cuando acabó el merengue.

Harry sonrió traviesamente.

–Me alegro de que te haya gustado. De haberlo sabido, te habría traído aquí antes.

De haber sabido… ¿qué? Ya, lo entendía.

–Y yo me alegro de que no lo hayas hecho o pesaría diez kilos más.

–Podrías haberles dado más paseos a los perros de tus padres –respondió él.

–Eso lo dices porque tú no has tenido que hacer régimen nunca.

¿Y por qué iba a tener que hacer régimen? Harry era perfecto.

–¿Haces dieta?

Gina asintió.

–Mis hermanas son como mi padre, que es alto y atlético. Yo, por el contrario, he salido a mi madre. Nos pasamos la vida poniéndonos a dieta y dejándola. Mi madre le echa la culpa a mi padre cuando rompe el régimen, dice que no la ayuda que a él le guste así, lo que mi padre llama una mujer «a la que uno se pueda agarrar».

–Estoy totalmente de acuerdo con tu padre.

Gina sonrió burlonamente.

–Lo digo en serio –insistió Harry.

¡Ya, en serio! Cambiando de conversación intencionadamente, Gina dijo:

–Gracias por la cena, Harry, ha sido estupenda. Lo he pasado realmente bien. Ha sido una forma muy bonita de despedirme de Breedon & Son.

Harry se quedó meditabundo unos momentos.

–Va a resultar muy extraño ir a trabajar y no verte allí.

Gina forzó una sonrisa.

—Estoy segura de que en Susan encontrarás una sustituta perfecta. Se la ve con muchas ganas de complacer.

—Supongo que sí.

Harry no parecía completamente convencido y ella sintió una súbita alegría antes de recordarse que eso no significaba nada. Si no era Susan, sería otra.

—Todo irá bien, ya lo verás. Da tiempo al tiempo —dijo ella.

—Creo que los dos sabemos que eso no es siempre verdad —comentó él con cinismo antes de aclararse la garganta y mirarla directamente a los ojos—. Escucha, ya sé que no es asunto mío y que puede que me digas que no me meta en tu vida y con razón, pero… ¿que te vayas de Yorkshire tiene que ver con algún asunto personal?

Gina le devolvió la mirada sin contestar.

—Sabes a lo que me refiero: a un hombre —continuó Harry—. ¿Has sufrido alguna desilusión amorosa o algo así? Porque, de ser así, huir no creo que vaya a solucionar nada.

Presa del pánico, Gina abrió la boca para negarlo, pero rápidamente recuperó la razón. Harry no sabía que ese hombre era él y, por otro lado, confirmar la sospecha de Harry podría ayudarla a ella. Por una parte, Harry tendría que aceptar que ella tenía un verdadero motivo para marcharse y, segundo, explicaría su desgana a volverse a ver en el futuro.

–Tengo razón, ¿verdad? Un hombre te ha dejado.

Pero después de la conversación que habían tenido antes, Gina no quería que él pensara que un hombre la había dejado tirada como si se tratara de un trapo viejo.

–No es lo que piensas. Yo tomé la decisión de terminar la relación y marcharme.

Los ojos de Harry empequeñecieron. Gina reconoció esa expresión, la misma que adoptaba cuando no aceptaba una negativa en un asunto de negocios. Era esa tenacidad la que había hecho más fuerte a la empresa de su padre. Una virtud en los negocios, pero no quería ser ella el objeto de análisis de Harry.

–La relación no iba a ninguna parte, eso es todo –se apresuró a decir Gina.

–¿Qué quieres decir con que no iba a ninguna parte? Es evidente que estás lo suficientemente disgustada como para haber decidido abandonar a tu familia y a tus amigos, dejar toda tu vida –declaró él en tono excesivamente dramático–. No está casado, ¿verdad?

–¿Qué? –fue un alivio poder utilizar la indignación como excusa–. Jamás tendría una relación con el marido de otra mujer.

–No, claro, perdona. Pero, en ese caso, ¿qué es lo que ha pasado?

Gina se preguntó si no debería decirle que no se metiera en sus asuntos. Pero no podía hacerle eso, era Harry.

–Nada extraordinario, algo muy común –respondió Gina en tono casual–. A él le gustaban las cosas tal como estaban y yo quería más.

Harry pareció sorprendido.

–¿Sabía que le querías?

Gina se encogió de hombros.

–Eso no tiene importancia. Lo importante es que los dos teníamos un proyecto de futuro diferente, eso es todo. Yo quería casarme y él no. Es más, creo que él nunca se casará.

Harry se la quedó mirando fijamente, sus cejas casi se juntaron.

–En otras palabras, te ha engañado, ¿no?

–No, no me ha engañado –respondió Gina con severidad–. Desde el principio fue sincero conmigo. Supongo que yo... esperaba que cambiara.

Y siempre lo había hecho, desde el momento que clavó los ojos en él por primera vez.

–Eres demasiado generosa. Él debía saber la clase de chica que eres.

Gina ya no podía más. Bajando la voz, dijo:

–Por favor, Harry, ¿te importaría que habláramos de otra cosa?

Él abrió la boca para protestar, pero la camarera se presentó en ese momento con los cafés. Harry esperó a que se marchara; entonces, en tono paciente, dijo:

–Créeme, Gina, conozco a esa clase de hombres. No te merece.

–¿En serio? –dijo ella en tono burlón–. ¿Cómo puedes saberlo sin conocerlo?

–Como acabo de decir, conozco a esa clase

de hombres. Escucha, yo no digo que esté mal que no quiera casarse, a mí me pasa lo mismo. Sin embargo, yo jamás saldría con una mujer cuyo sueño es precisamente ése. Y ahí está la diferencia.

Sin duda, Harry era el hombre más arrogante del mundo.

–¿Cómo puedes saber si una mujer quiere casarse o sólo un revolcón? –preguntó ella con descaro.

Harry la miró con perplejidad.

–Bueno, no estoy hablando de revolcones –dijo él con voz tensa–. Soy un hombre, no un animal. Jamás he poseído a una mujer por el simple hecho de que se haya puesto a mi disposición.

Gina lo miró con intencionada inocencia en los ojos.

–Así que… ¿antes de acostarte con una mujer tienes que conocerla, ver si te estimula tanto mental como físicamente? ¿Y te aseguras de que su punto de vista respecto al amor sea igual que el tuyo?

Harry la miró fijamente, no parecía seguro de si ella le estaba tomando el pelo o no. Después de unos segundos, sus ojos brillaron antes de decir:

–Hablas como si todo fuera muy frío.

–¿Quizá porque lo es? –sugirió Gina con fingida dulzura.

–Yo estoy hablando de sinceridad. Y si el hombre con el que has estado fuera sincero, tú no estarías en la posición en la que te encuentras –declaró Harry con firmeza.

–Estamos hablando de amor, atracción y deseo, Harry, y eso es muy difícil de controlar –contestó Gina, satisfecha de haberle asestado un golpe–. Estamos hablando de algo espontáneo, algo que ocurre sin que tú quieras que ocurra necesariamente y que te toma por sorpresa. Algo que te supera y te hace perder la razón y el sentido común.

Harry se cruzó de brazos, se recostó en el respaldo de la silla y la miró detenidamente.

–Eso puede ocurrir. Y cuando las cosas son así, salen mal inevitablemente.

–Claro que…

–¿Eso es lo que te ha pasado con ese hombre? –replicó él, interrumpiéndola–. ¿Te enamoraste de él locamente?

Gina titubeó y Harry se aprovechó de ello al instante.

–¿Lo ves? –dijo él con satisfacción.

–Lo que veo es que tu actitud es una excusa maravillosa para hacer lo que quieres sin miedo a represalias.

–¿Qué quieres decir? –preguntó Harry con indignación.

Negándose a que él la intimidara, Gina le devolvió la mirada sin parpadear.

–Harry, eres un aprovechado y lo sabes. Puedes salir con una mujer y acostarte con ella todas las veces que quieras; y luego, cuando te has cansado de ella y la dejas, lo haces con una sonrisa y un «ya te había dicho que no podías esperar nada de mí». Pues bien, a mí eso me parece repugnante.

–¿Repugnante?

Si las circunstancias hubieran sido diferentes, Gina se habría echado a reír al ver la cara de indignación de Harry. Curiosamente, su enfado la hacía sentirse más tranquila.

–Sí, repugnante –repitió ella con firmeza–. Y no me digas que ninguna de tus amigas se ha enamorado de ti porque, a pesar de que muchos lo nieguen, el sexo significa más para una mujer que para un hombre desde el punto de vista emocional. Sólo considerando el aspecto mecánico, la mujer permite…

Gina se interrumpió bruscamente al ver la expresión de sorna de Harry.

–¿Sí? ¿Decías? –le instó Harry.

–Lo que estaba diciendo es que una mujer permite que un hombre penetre su cuerpo –continuó Gina con valentía, preguntándose por qué demonios le estaba dando a Harry una lección de biología–. Pero en lo que al hombre se refiere…

–¿Es posesión,?

Ignorando el calor que sentía en las mejillas, Gina asintió.

–Exactamente.

–¿Y crees que los hombres son incapaces de sentir algo más que satisfacción física?

–Yo no he dicho eso. Pero es diferente.

– Pues viva la diferencia.

Gina, con dignidad, dijo:

–Siento que pueda parecerte antigua, pero yo creo que el amor debería formar parte del sexo, ocurra lo que ocurra después. Y, por supuesto, sé que, en lo que al amor se refiere, nunca puede haber garantías. No vivo en las nubes, por si no lo sabías.

Harry se la quedó mirando unos segundos.

–No me estaba riendo de ti, Gina.

¡Ya!

–De hecho, quizá en el pasado yo pensara lo mismo que tú, pero... En fin, la gente cambia. La vida cambia a la gente.

Gina no dijo nada. Le había sorprendido el comentario de Harry al igual que el cambio en su expresión.

–Supongo que me he convertido en una persona independiente y autosuficiente. Me gusta la vida que llevo y, en el mejor de los casos, compartirla con otra persona me resultaría inconveniente; en el peor de los casos, sería una verdadera pesadilla.

Gina deseó no haber empezado aquella conversación.

–Eres una persona muy cínica.

–¿Me consideras cínico?

Ella asintió.

–No sólo por lo que has dicho esta noche, sino por lo que he podido ver en ti durante este año. No sé, Harry, pero me pregunto si realmente te gustan las mujeres.

Harry tardó unos segundos en reaccionar. Después, dijo con voz queda:

–Te aseguro que no tengo otro tipo de inclinaciones.

–No, yo no quería decir… Yo sé que tú no…

Harry interrumpió su balbuceo con una sonrisa burlona.

–Sé lo que has querido decir, Gina. Sólo estaba haciéndote pagar por lo que has dicho.

–Ah –a veces, la sinceridad de Harry era un arma mortal.

–Porque tienes razón. Soy un cínico en lo que a las mujeres se refiere.

¿Por qué le resultaba tan deprimente que Harry le diera la razón? Ocultando sus sentimientos, Gina asintió.

–¿Una mala experiencia en tu juventud?

Y Harry la sorprendió. Asintiendo, él se inclinó hacia delante.

–Se llamaba Anna y fue una relación apasionada. Al principio, estábamos locos el uno por el otro; pero éramos jóvenes, yo acababa de licenciarme cuando nos conocimos. Creía que iba a durar toda la vida, nos hicimos promesas… en fin, ya sabes. Pero después de un año, mis sentimientos hacia ella empezaron a cambiar. Seguía queriéndola, pero ya no estaba enamorado. La chispa había desaparecido.

–¿Y Anna?

–Ella decía que seguía queriéndome con todo su corazón. Y entonces ocurrió que cayó enferma, un cáncer. Pero luego resultó ser mentira. Descubrí que me había mentido después de casarnos. Una de sus amigas, un día que estaba borracha, me lo dijo. Le parecía muy divertido. Al parecer, todo había sido una broma.

–Lo siento –y era verdad.

–Anna me había dicho que sólo le quedaban unos meses de vida y que quería pasarlos conmigo, casados. Pero resultó que estaba tan sana como la que más.

–¿Qué hiciste?

–Le dije que me marchaba y esa misma noche se cortó las venas en la bañera.

Incapaz de dar crédito a lo que oía, Gina se limitó a mirarle.

–Y así comenzó el calvario. Meses de manipulación, lágrimas, amenazas y ataques de histeria. Dos supuestos intentos de suicidio más cuando iba a dejarla. Yo era muy joven, casi un niño. No sabía qué hacer, en serio creía que ella podía suicidarse. Al final, llegué a un punto en el que creía que iba a volverme loco. Fue entonces cuando me marché. Me fui al extranjero.

–¿Qué… qué hizo ella?

Harry se encogió de hombros.

–Me sacó todo el dinero que pudo, intentó dañar mi reputación y luego se casó con otro pobre incauto.

Horrorizada, Gina extendió un brazo y le tocó la mano.

–Debía de estar loca.

–¿Loca? –Harry hizo una mueca–. No, no creo que Anna estuviera loca. Era manipuladora, cruel, dura… todo ello bajo una apariencia de frágil feminidad. Pero… ¿loca? A Anna sólo le importaba ella misma y estaba dispuesta a cualquier cosa por conseguir lo que quería.

Y él había decidido no volver a caer nunca en esa trampa. Gina lo comprendía. Pero no era posible que Harry no se diera cuenta de que no todas las mujeres eran como Anna.

–Yo creo que estaba loca, Harry. Nunca he conocido a nadie como ella. A cualquiera de las mujeres que conozco les parecería horroroso lo que me has contado.

Harry no se lo discutió. Después de acabarse el café, se encogió de hombros.

–Puede que tengas razón, pero ya no importa. Como he dicho, la vida cambia a la gente. Quizá, a la larga, me hizo un favor. De no haber sido por ella, no me habría ido a Estados Unidos y no me habría dado cuenta de lo que quería, o no quería, en la vida.

–Siento llevarte la contraria, pero no creo que te hiciera un favor, Harry –dijo Gina con más sinceridad que tacto–. ¿Cómo puedes considerar un favor vivir solo? No tendrás esposa ni hijos…

–Gina, no quiero tener esposa ni hijos –dijo él fríamente–. Tengo lo que quiero y me considero un hombre muy afortunado.

Haciendo acopio de valor, ella contestó:

–¿Y lo que quieres es una casa bonita y vacía, una casa que no es un hogar? ¿Y siempre así? ¿Una vida completamente independiente sin una compañera, sin nadie que te abrace por las noches o te sonría por las mañanas?

Los ojos grises de Harry se clavaron en ella. Después, él sonrió.

–Eres una romántica, Gina Leighton.

–Yo creo en el amor –declaró Gina con voz suave–. Creo que el amor entre un hombre y una mujer puede durar toda la vida y, de ser así, no hay nada mejor que eso en el mundo. Y si tú a eso lo llamas romanticismo, me declaro una romántica empedernida.

Harry sacudió la cabeza lentamente.

–¿Y eso lo dices a pesar de que el hombre con el que querías pasar el resto de tu vida deja que te marches?

Gina parpadeó. Eso era un golpe bajo.

–Perdona, siento haber dicho eso. Lo siento de verdad, Gina, ha sido imperdonable.

Se quedaron mirándose unos momentos y él le sonrió. Gina se preguntó cómo reaccionaría Harry si ella sucumbía a la súbita tentación de confesarle lo que sentía por él, de pedirle que la besara.

Por supuesto, Harry quedaría horrorizado, avergonzado y asustado. Y, en adelante, cada vez que pensara en ella lo haría con desazón. Y ella no quería que ocurriese eso… aunque sólo fuera una cuestión de amor propio.

–¿Tu dirección?

–Perdona, ¿qué has dicho? –demasiado tarde, Gina se dio cuenta de que él había estado hablando y ella no había oído una palabra de lo que le había dicho.

Harry sacudió la cabeza.

–Estabas pensando en él, ¿verdad? –inquirió Harry en tono acusatorio–. ¿Vas a volverle a ver antes de irte a Londres?

Harry parecía disgustado, pero Gina no comprendía por qué. A Harry no le importaba que ella viera o no a su imaginario amante.

–No estoy segura –respondió ella encogiéndose de hombros.

Ya le habían dedicado demasiado tiempo a ese tema. Además, le preocupaba cometer algún desliz. Mentir no se le daba bien.

–¿Qué me estabas diciendo?

–Te estaba diciendo que tienes que darme tu dirección y tu número de teléfono esta noche –respondió Harry.

Gina asintió, reconociendo que no merecía la pena discutir con Harry. Por supuesto, no tenía intención de darle su dirección en Londres.

Acabaron los cafés y Harry pagó la cena. A Gina le latía el corazón salvajemente mientras se acercaban al coche con la mano de Harry en su codo. La noche olía a primavera, lo que añadía fuerza a sus emociones. Le pareció que jamás se había sentido más triste.

Se subieron al coche, pero Harry no encendió el motor inmediatamente, sino que se volvió en su asiento, de cara a ella, con el ceño fruncido.

–Estoy preocupado por ti, Gina –dijo él con voz queda.

Gina se dio cuenta de que se había quedado con la boca abierta y la cerró inmediatamente.

–No te comprendo –respondió ella.

–Me preocupa que te vayas a Londres simplemente por haber sufrido un desengaño amoroso. Vas a exponerte a que cualquier desaprensivo se aproveche de ti. Lejos de tu familia y tus amigos, sola en la ciudad, vas a encontrarte muy vulnerable.

Harry hablaba como si fuera una huérfana. Se le quedó mirando antes de contestar con voz tensa:

–Harry, tengo treinta y dos años, no dieciséis.

–¿Y qué tiene eso que ver?

–Todo.

Harry apretó los labios con gesto obstinado. Gina sintió unas ganas terribles de abrazar a ese hombre grande, duro y sensual. En ocasiones, como en ese momento, vislumbraba al niño que Harry debía haber sido… y era devastador. Pero Harry ya no era un adolescente, sino un hombre con experiencia e inteligente.

–Creo que no has reflexionado lo suficiente –declaró él después de unos momentos de tensión.

–¿Qué? –Gina no podía creer la desfachatez de Harry. ¿Que no había reflexionado lo suficiente? No había hecho otra cosa durante meses. Meses que él había pasado intentando ligarse a una rubia o a otra. Era evidente que Harry no la consideraba sólo poco atractiva y asexuada, sino también estúpida–. ¿Qué demonios sabes tú?

–Eh, no te pongas así. Yo sólo he querido advertirte.

Gina lanzó una colérica mirada al hombre al que amaba con todo su corazón.

–Bien, pues ya me has advertido. ¿Te sientes mejor?

–Pero no me vas a hacer caso. Escucha, sólo estoy diciéndole lo que pienso a una amiga porque me importa. ¿Qué tiene eso de malo?

–Nada. Gracias.

–De nada.

Harry puso en marcha el coche y pronto se encontraron en la carretera, envueltos en la oscuridad.

Gina estaba inmóvil en su asiento con los ojos fijos en el parabrisas, pero sin ver nada. Se sentía destrozada, tanto emocional como físicamente. Además, el vino la tenía en un estado de estupor que, por fin, la hizo recostarse en el respaldo del asiento y cerrar los ojos.

No sabía si se había dormido, pero hubo un momento en el que notó que Harry había parado el coche. Abrió los ojos y descubrió que todavía estaban en medio del campo.

–¿Qué pasa? –preguntó ella alarmada mientras Harry ponía la marcha atrás.

–No estoy seguro –respondió Harry justo en el momento en que paró el coche después de recorrer unos cien metros marcha atrás–. He visto un coche poniéndose en marcha en este punto y, al pasar, he visto una caja de cartón en la cuneta. Sólo quiero echar un vistazo.

–¿Echar un vistazo dentro de la caja?

Él asintió.

–No sé por qué, pero me da mala espina. No salgas, quédate en el coche –Harry abrió la puerta y salió, Gina le siguió al instante. Harry estaba inclinado sobre la caja, pero sin abrirla–. Te he dicho que te quedaras en el coche.

–No seas tonto, seguro que no es nada.

Harry abrió la caja justo cuando ella llegó a su lado y, al mirar dentro, vio unas cosas moverse y gemir.

–¡Oh, Harry! –exclamó Gina horrorizada–. Alguien ha abandonado a estos cachorros aquí, en medio de la carretera. Es horrible.

–Al parecer, quien lo ha hecho no es de la misma opinión.

–¿Crees que están bien?

Los dos estaban agachados, viendo los cuatro cachorros moverse dentro de la caja y manchados de sus propios excrementos.

–Pobrecillos –añadió Gina a punto de echarse a llorar–. ¿Qué vamos a hacer con ellos?

Harry se puso en pie.

–Si te pongo una manta encima de las piernas, ¿te importaría llevar la caja en el coche?

–Claro que no me importa.

Gina no podía creer que alguien pudiera ser tan cruel como para dejar a unos cachorros en una caja en una carretera solitaria en mitad de la noche.

Una vez que estuvieron de vuelta en el coche, con la caja en su regazo, Gina contempló los cachorros.

–Son muy pequeños. ¿Crees que les pasa algo?

–A juzgar por el ruido que están haciendo, no lo creo –comentó Harry irónicamente.

–¿Adónde vamos a llevarlos?

–Debe haber alguna clínica veterinaria por aquí, pero no sé dónde. Sin embargo, la mujer que viene a limpiar mi casa, la señora Rothman, tiene perros. ¿Te importaría que diéramos un rodeo y nos pasáramos por su casa? Quizá ella nos lo sepa decir. Es decir, si no te molesta mucho llegar tarde a tu casa.

–No, no me importa. No olvides que mañana no tengo que ir a trabajar. Venga, vamos a ver a la señora Rothman.

Al cabo de un rato llegaron al pequeño pueblo donde vivía la señora Rothman, que estaba muy cerca de la casa de Harry.

La señora Rothman era una mujer entrada en carnes y de aspecto maternal que les invitó a entrar nada más verlos y ordenó a su marido que preparara un té para sus inesperados huéspedes mientras ella examinaba a los cachorros.

–Son un cruce de Jack Russell con fox terrier –anunció al cabo de un par de minutos–. Y todas son hembras.

Después de limpiar a los cachorros, la señora Rothman cubrió el interior de la caja con papel de periódico mientras su marido hacía un puré con la comida de sus perros. Los cachorros no tardaron en acabar la comida que les dieron y, después, la señora Rothman volvió a meter a los pequeños animales en la caja, encima de una toalla vieja. Pronto, los cuatro cachorros se quedaron dormidos.

–¿Cuánto tiempo cree usted que tienen? –preguntó Gina a la señora Rothman mientras el matrimonio, Harry y ella tomaban una segunda taza de té sentados al lado de la chimenea.

–Es difícil saberlo; pero como han podido comer sin mayores dificultades, yo diría que entre seis y ocho semanas. Desde luego, no habrían durado mucho de haber permanecido donde estaban. Las noches aún son bastante frías –la señora Rothman se volvió a Harry–. Conozco un refugio para perros no lejos de aquí. Le daré el número de teléfono y la dirección. Estoy segura de que se quedarán con ellos si los lleva allí.

Harry asintió.

–Gracias.

La señora Rothman volvió a servirles té y les dio tarta que ella misma había hecho. Era una casa acogedora y cálida, y Gina no quería que aquellos momentos llegaran a su fin.

Pero, al cabo de un rato, Harry se puso en pie.

–Bueno, creo que ya les hemos molestado bastante. De todos modos, si no le importa darme la dirección y el teléfono del refugio antes de irnos…

Y aquel agradable y cálido momento llegó a su fin.

Capítulo 4

HARRY estaba sintiendo emociones nuevas y, desde luego, no le agradaba.

Aquella invitación a cenar había sido un error desde el principio al fin, pensó mientras Gina y él se despedían y se dirigían al coche, él con la caja bajo el brazo y Gina con una bolsa que contenía varias latas de comida para perros que la señora Rothman había insistido en darles. Por supuesto, rescatar a los cachorros había sido la guinda.

Después de ayudar a Gina a sentarse y dejarla con la caja encima del regazo, Harry rodeó el coche y se sentó al volante.

Gina Leighton era bonita, dulce, inteligente, vulnerable y una mujer que no tenía cabida en su vida. No, de ninguna manera. Las mujeres como Gina exigían compromisos, responsabilidades, ataduras, problemas... Él no quería nada de eso.

Dentro del coche, los cachorros empezaron a gemir, a arañar y a moverse como locos.

–Creo que echan de menos a su madre –dijo Gina mientras él se ponía el cinturón de seguridad–. Deben de estarse preguntando qué demonios les está pasando.

Harry los comprendía. Aquella misma mañana, la vida le había parecido sencilla. Había pensado en despedirse de Gina con un adiós tras unas palabras de agradecimiento y la entrega del reloj. Nada más.

En ese caso, ¿por qué la había invitado a cenar?

Harry fue a poner en marcha el motor, pero una de las perritas utilizó a una de sus hermanas como trampolín en un intento por salirse de la caja y Gina lanzó un grito antes de disculparse.

–Perdona.

Harry no pudo evitar sonreír.

–¿Cómo vas a volver de mi casa a la tuya sin que los cachorros se salgan de la caja? –le preguntó Gina, ladeando la cabeza–. ¿No sería más fácil llevarlos a la tuya y dejarlos ahí antes de que me lleves a casa? Aunque también podría pedir un taxi por teléfono. O si lo prefieres, puedo quedármelos yo en mi casa y llevarlos mañana al refugio.

Harry se la quedó mirando. A ninguna de las mujeres con las que había salido durante los últimos cinco años les habría importado cómo se las arreglaría él para volver a su casa con los cachorros ni qué pasaría con ellos. Sólo les importaba sus uñas, pelo, ropas y ese tipo de cosas.

Harry sacudió la cabeza.

–Creo que tienes razón. Será mejor que los dejemos en mi casa antes de que te lleve a la tuya. El calentador está en el cuarto de lavar, allí estarán calientes; además, en el garaje tengo unos maderos que puedo utilizar para hacer una barrera y que no se escapen.

Gina asintió.

–Bien, hagamos eso –entonces, Gina lanzó una queda carcajada–. Pero date prisa, ésta está empeñada en salirse de la caja.

Harry sonrió.

–Siempre hay alguno que destaca.

Cuando Harry puso en marcha el coche, Gina dijo:

–Son preciosos, ¿verdad? Me encanta el olor de los cachorros.

–No olían tan bien antes de que la señora Rothman los limpiara –comentó Harry aún sonriendo.

Gina volvió a reír y Harry se preguntó por qué aquella risa tenía el poder de excitarle sexualmente. Aunque, de ser sincero consigo mismo, debía reconocer que llevaba luchando contra la atracción que sentía por esa mujer desde el primer día que la vio. Sus suaves y generosas curvas, su pálida y pecosa piel, y esa masa de cabellos rojizos…

Salió a la carretera y, conduciendo mecánicamente, se sumió en sus pensamientos. A veces, al entrar en la oficina, con sólo ver a Gina sentada delante de su mesa de despacho, se había visto presa de sus fantasías sexuales, cosa que le había irritado y preocupado. También le había asustado.

Ahora ya no sabía qué era lo que sentía. Por supuesto, quería acostarse con ella, de eso no había duda. Pero no quería una mujer en su vida. Y ahora que ella le había confesado que se marchaba por culpa de un hombre, era incapaz de negar ser víctima de un pequeño ataque de celos. Durante la cena, se había dado cuenta de que no conocía a Gina tan bien como había creído.

Ella le había dicho que ese hombre no estaba casado y él la había creído. Gina no era una mentirosa. Pero de lo que no dudaba era del egoísmo de ese hombre. Estaba claro que Gina llevaba saliendo con él tiempo, y que ese hombre la dejara marcharse así era imperdonable.

Otra carcajada de Gina le sacó de su ensimismamiento y volvió el rostro a tiempo de verla empujando a la más grande de las perritas hacia el fondo de la caja.

–Ya hemos llegado –dijo él, dejando la carretera para adentrarse en el sendero que conducía a la puerta de su casa.

–Menos mal –contestó Gina–. ¿Cómo vas a llevarlas mañana al refugio? No creo que puedas hacerlo en esta caja.

–Ya encontraré algo donde meter a los cachorros. Si no, puede que logre convencer a alguien del refugio para que venga a recogerlos.

Una vez dentro de la casa, Harry dejó a Gina en el cuarto de lavar con los cachorros y fue al garaje a por unos maderos. Cuando volvió, la encontró arrodillada en el suelo con las pequeñas perras saltando a su alrededor.

–Son preciosas –Gina alzó los ojos y a él se le aceleró el pulso–. Creía que eran del mismo tamaño, pero ésta es más grande que las otras, y ésta es más pequeña. Y estas otras dos son del mismo tamaño.

Harry asintió.

–Se han hecho pis en el suelo –observó Harry.

–Sí, no pueden evitarlo, son cachorros –Gina tomó en los brazos a una de las pequeñas perras–. Sois muy pequeñitas, ¿verdad? Y echáis de menos a vuestra mamá. No hagáis caso de lo que dice Harry.

Harry luchó contra un súbito deseo de llevarla al piso de arriba, a su habitación, demostrarle lo que era puro placer y hacerla olvidar a ese sinvergüenza que la había decepcionado. En vez de hacer eso, se contentó con dejar los maderos en el suelo antes de colocarlos de tal manera que cercaran a los cachorros y les impidieran salir de ahí.

Entretanto, Gina fue a la cocina a por comida y agua para los animales. Y en el momento en que regresó y puso los platos en el suelo, los cachorros se lanzaron a ellos.

Harry y Gina se quedaron unos minutos observándoles, riéndoles las gracias. Él siempre había tenido un perro en casa de sus padres cuando era pequeño, pero siempre habían sido perros grandes: labradores y pastores alemanes.

Al volver la cabeza hacia Gina, Harry la vio

conteniendo un bostezo. Se miró el reloj y le sorprendió lo tarde que era.

–¿Por qué no te quedas a dormir aquí? –preguntó él de repente.

–¿Qué?

Gina parecía tan sorprendida como él se sentía, pensó Harry. ¿Por qué se le había ocurrido invitarla a pasar allí la noche?

–He dicho que por qué no te quedas a dormir aquí –repitió él con voz queda–. Es muy tarde y se te nota cansada. Lo más lógico es que duermas aquí.

La vio abrir y cerrar la boca. Al fijarse en su expresión, se dio cuenta de que iba a rechazar la invitación y se apresuró a añadir:

–La señora Rothman siempre tiene listo el cuarto de invitados.

La vio tragar saliva.

–No puedo.

–¿Por qué?

–Porque… Porque tengo muchas cosas que hacer mañana por la mañana.

Eso no era todo. Harry estaba seguro de que Gina iba a ver a ese hombre por la mañana. ¿Acaso no se había dado cuenta todavía de que ese sinvergüenza la estaba utilizando?

–Yo te llevaría a primera hora de la mañana. No olvides que tengo que ir a trabajar. Y quizá, de paso, podríamos dejar a los cachorros en el refugio. Me vendría bien. Es más, sin ti no sé si podré hacerlo.

Gina se lo quedó mirando fijamente, sus ojos

azules llenos de una emoción indeterminada. Sintiendo que tenía que insistir, dijo con voz suave:

–La verdad es que para mí puede ser un verdadero problema llevar a los cachorros por la mañana solo –y para hacer más énfasis, decidió mentir descaradamente–. Tú estás acostumbrada a los perros, yo no.

Harry la vio empequeñecer los ojos y se dio cuenta de que había ido demasiado lejos.

–¿No me habías dicho que tus padres siempre han tenido un perro?

Harry sonrió.

–Sí, es verdad. Pero yo me marché de casa hace más de diez años; además, estas perritas no se parecen en nada a los perros que había en mi casa cuando yo era pequeño.

–La señora Rothman ha dicho que cree que son un cruce entre Jack Russell y fox terrier, y ésos no son precisamente perros pequeños.

–Pero todavía son cachorros –insistió Harry.

La vio cerrar los ojos durante un segundo.

–Está bien –respondió ella, aunque no parecía del todo convencida–. Me quedaré. Pero tengo que irme por la mañana muy temprano.

–Claro. Yo tampoco quiero llegar tarde al trabajo porque mañana va a ser un día duro. Susan no está tan acostumbrada como tú a todo lo que hay que hacer en la oficina, aunque se la ve interés y trabaja mucho.

–Sí, ¿verdad?

Harry, a juzgar por el tono de voz de Gina, se dio cuenta de que aún estaba enfadada por la encerrona.

—¿Te apetece un café o cualquier otra cosa antes de acostarte?

—¿Tienes chocolate en polvo?

—¿Chocolate en polvo? —preguntó él sorprendido.

Gina se ruborizó.

—Suelo tomarme un vaso de chocolate caliente en la cama —dijo ella en tono defensivo.

—Lo siento, no tengo chocolate, pero te puedo ofrecer un vaso de leche caliente. ¿Te apetece?

Gina asintió. A Harry le pareció que ella estaba triste y sintió una punzada de resentimiento mezclado con enfado. Le enfadaba que tuviera que ver con un hombre tan poco aconsejable como el hombre con el que había estado saliendo; al mismo tiempo, le disgustaba que una persona a la que consideraba tan sensata como Gina permitiera que un hombre la tratara tan mal. Cuanto antes se marchara de Yorkshire, mejor. Y, sin embargo, él no quería que se fuera. Y de eso se acababa de dar cuenta aquella noche.

Sintiéndose confuso, Harry la llevó a la cocina. Gina se sentó en un banco mientras él calentaba dos vasos de leche en el microondas.

—Yo también voy a tomar leche —comentó Harry.

Ella asintió, pero no dijo nada.

–Te agradezco mucho que te quedes aquí y me ayudes con los cachorros mañana.

Por fin, Gina sonrió.

–No podría abandonar a un hombre a su suerte con cuatro cachorros, ¿verdad?

–Verdad –Harry no había notado hasta ese momento lo bonitas que eran las piernas de Gina, quizá fuera porque ahí, encima del taburete, se le veían más que de costumbre–. La suerte es que los cachorros de perro no necesitan pañales.

–Los pañales de ahora ya no presentan problemas, ni siquiera para el hombre más incompetente. Ya no hay que sujetarlos con alfileres ni doblarlos de cierta manera… Están hechos a prueba de tontos.

–Está bien, te creo –dijo él con ironía.

–No me digas que eres de esos hombres que opinan que cambiar los pañales a un niño es cosa de mujeres.

–No, no lo creo –respondió Harry.

–¿Seguro? –insistió ella arqueando las cejas.

–Seguro. Si una pareja decide asumir la enorme responsabilidad de traer hijos al mundo, entonces lo considero una responsabilidad compartida; o, al menos, debería serlo. En mi opinión, la crianza de los hijos es asunto de ambos padres y por igual.

Harry sacó los vasos de leche del microondas y le dio uno a Gina.

–Ah.

–¿No me crees? –preguntó él mirándola.

–Yo no he dicho eso –protestó Gina con voz queda.

–No es necesario, lo veo en tu cara.

–No puedo cambiarme la cara –entonces, Gina sonrió–. Así que eres un hombre moderno, ¿eh?

–Eso es lo que pienso respecto a las responsabilidades de criar a un hijo; sin embargo, no lo quiero para mí.

Ella asintió.

–Claro, entiendo. Tú te mantienes al margen. Consigues lo que quieres cuando quieres y haces tu vida.

–¿Es así como me ves? –preguntó Harry luchando por controlar su genio.

Gina se lo quedó mirando con expresión inexpugnable.

–Es la imagen que tú proyectas.

–No lo creo.

Gina se encogió de hombros.

–Quizá debieras escucharte a ti mismo, Harry.

–No necesito hacerlo. Sé cómo soy y lo que pienso. No soy un sinvergüenza carente de escrúpulos, Gina.

–Bien, te felícito.

Harry estaba enfadado con ella y, al mismo tiempo, quería besarla.

–Nos conocemos desde hace un año y, desde entonces, nos hemos visto prácticamente todos los días. Hemos hablado y reído juntos, ¿en serio me ves así? –preguntó él con intensidad.

Gina titubeó. Después de quedarse mirando su vaso de leche unos momentos, volvió a alzar los ojos hacia él. Entonces, con voz suave, dijo:

–No quiero que te enfades, Harry, pero creo que quien más ha hablado de sí misma durante este último año he sido yo, no tú. No te lo estoy echando en cara, simplemente estoy estableciendo un hecho. Y antes de protestar, piénsalo.

Harry se sentó en otro taburete, sintiéndose realmente sorprendido.

–Eres un hombre muy reservado, Harry. Aunque ahora, después de lo que me has contado sobre tu relación con Anna, entiendo que no quieras tener una relación estable con una mujer. Pero sólo relaciones sexuales sin más... –Gina se aclaró la garganta.

–Las mujeres con las que me acuesto saben cómo pienso –declaró Harry.

–Sí, lo sé, ya me lo has dicho.

Se hizo un tenso silencio. Harry estaba haciendo un increíble esfuerzo por aparentar estar relajado y no darle importancia al asunto. Sin embargo, de repente, dejó de fingir y dijo simplemente:

–No me gusta la forma como me ves, Gina.

La expresión de ella cambió y su voz se tornó ronca cuando murmuró:

–Lo siento, no debería haber dicho nada. Tu vida es tu vida y yo no tengo derecho a criticarte.

¿Estaría Gina pensando en ese hombre y en

cómo había permitido que él le destrozara la vida? Al momento, su enfado se disipó y fue sustituido por el deseo de consolarla.

–Es muy probable que seas la persona con quien más intimidad tenga –dijo Harry en voz baja–. Así que, por supuesto, tienes derecho a opinar.

Harry vio una sombra cruzarle la expresión y sintió una creciente cólera hacia ese desconocido que le había destrozado el corazón.

–Eres demasiado buena para él. Lo sabes, ¿verdad? –añadió Harry.

–¿Qué?

Los ojos de Gina se agrandaron y él se dio cuenta de que no le había comprendido.

–Encontrarás a otro, Gina, y todo esto no parecerá más que una pesadilla del pasado.

La vio suspirar antes de sacudir la cabeza.

–Yo no apostaría por ello, Harry. Por ejemplo, tú tampoco has encontrado a otra. Además, estábamos hablando de ti, no de mí –Gina se acabó la leche y se levantó del taburete–. ¿Te importaría enseñarme la habitación donde voy a dormir?

Harry sintió un estremecimiento. La deseaba. La deseaba más que a ninguna otra mujer. Y no sólo la deseaba, sino… De repente, interrumpió sus pensamientos. Gina era una amiga. Uno no se acostaba con las amigas.

Harry se puso en pie y sonrió.

–Sí, claro.

Cuando llegaron a las escaleras, Harry se

apartó para cederle el paso y dejarla subir delante de él, sus ojos fijos en sus redondeadas nalgas mientras la seguía al piso superior. Cuando llegaron a la habitación, él estaba sumido en una erótica fantasía que estaba causando problemas a cierta parte de su anatomía.

–Es preciosa –dijo Gina mirando alrededor de la habitación. Luego, se volvió a él y sonrió–. Bueno, buenas noches.

–Buenas noches, Gina –respondió Harry tratando de contener su erección–. En el baño de la habitación hay toallas, jabón y esas cosas. Te despertaré mañana veinte minutos antes del desayuno, ¿de acuerdo?

–Sí, gracias. Ah, y gracias por invitarme a pasar la noche aquí. Creo que antes no me he mostrado muy agradecida, ¿verdad?

–No tenías motivos. Al fin y al cabo, me estás haciendo un favor.

–En fin, gracias de todos modos –repitió ella.

Gina estaba esperando a que se marchara, pero él parecía haberse pegado al suelo.

–Que duermas bien, Gina.

Y aunque sabía que era una equivocación, bajó la cabeza y le rozó los labios con los suyos.

Fue un beso sumamente breve, pero el aroma de ella y la suavidad de sus labios le produjo una reacción que le sacudió de pies a cabeza. Un primitivo deseo se apoderó de él y tuvo que hacer un esfuerzo ímprobo para darse media vuelta y marcharse. Oyó la puerta cerrarse a sus espaldas y, cuando llegó a las escaleras, se apoyó en la barandilla y suspiró.

Una locura. Todo lo que había pasado aquella noche era una locura.

Lo vería todo diferente por la mañana. Así tenía que ser.

Capítulo 5

GINA, por fin, se dio cuenta de que el ruido que creía oír en sueños era real. Se incorporó en la cama quedándose sentada y aguzó el oído.

Los cachorros.

Encendió la lámpara de la mesilla de noche y miró el reloj. Las tres y media.

Tras lanzar un suspiro, agarró el albornoz que había encontrado colgado de un gancho de la puerta del cuarto de baño antes de acostarse, se lo puso y fue a ver qué les pasaba a las perritas.

Los cachorros la recibieron con entusiasmo, tropezándose unos contra otros en su carrera por acercarse a ella. Riendo a pesar de lo cansada que estaba, les cambió el papel de periódico y les puso más comida, que inmediatamente desapareció.

–Teníais hambre, ¿eh? –comentó mientras las observaba.

La más pequeña de las perritas se acercó a ella, comenzó a mordisquearle los dedos de los pies descalzos y, al momento, tenía a su alrededor a las otras tres.

–Queréis caricias, ¿verdad? –sentándose en el suelo, Gina permitió a los cuatro cachorros subirse a su regazo–. Supongo que echáis de menos a vuestra madre. Quién sabe lo que os habría pasado si Harry no hubiera visto la caja.

–Son las cuatro menos diez.

La voz de Harry la hizo volver la cabeza hacia la puerta. Lo encontró apoyado en la pared y no sabía cuánto tiempo había estado observándola.

–Sí, lo sé –respondió ella, sintiendo la garganta seca. Harry llevaba un pantalón de pijama oscuro y una bata de algodón sin atar. Su musculoso pecho estaba cubierto de vello negro y llevaba los cabellos revueltos. Estaba… magnífico–. Me han despertado los cachorros. Estaban aullando y tenían hambre.

–No deberías haberles hecho caso.

–No he podido evitarlo –la virilidad de ese hombre a unos metros de ella le recordó que no llevaba nada debajo del albornoz–. Además, tú también has bajado.

–Sí, es verdad.

Gina notó que Harry la estaba mirando sin disimulo. Cuando el más pequeño de los cachorros intentó colarse por el escote del albornoz, apresuradamente, Gina se quitó a las perritas de encima y se ató el cinturón de con fuerza.

Poniéndose en pie con cuidado, dijo nerviosamente:

–Siento haberte despertado.

–No lo has hecho.

Bajando la cabeza, Gina se ciñó aún más el cinturón.

–¿Te apetece una taza de té? –preguntó ella sin saber por qué.

Harry tardó en contestar unos segundos.

–Sólo si va acompañada de una tostada. Estoy muerto de hambre.

Ella también tenía hambre, pero no de tostadas.

Tres de los cachorros se habían quedado dormidos, pero el más pequeño empezó a arañar los maderos y a gemir. Gina se acercó y tomó a la perrita en sus brazos; inmediatamente, el pequeño animal se acurrucó y cerró los ojos.

–¿Qué pasa? –dijo Gina mirando a Harry con gesto desafiante–. La pobrecilla necesita unas caricias después de todo lo que ha pasado.

–¿Vas a mimar así a tus hijos cuando los tengas? –murmuró él con voz ronca.

–Si te refieres a si voy a abrazarlos y a acariciarlos, por supuesto que sí.

Aunque nunca tendría hijos porque nunca se casaría con Harry.

Una vez en la cocina, con la perrita pegada a su pecho, Gina se quedó de pie, sin sentarse en el taburete, mientras observaba a Harry llenar la tetera y poner dos rebanadas de pan en el tostador.

–¿Te importa que vaya al cuarto de estar? –preguntó ella–. Se me están quedando los pies fríos de pisar en las baldosas.

–Adelante. Llevaré ahí el té y las tostadas.

La mandíbula de Harry mostraba una barba incipiente, su aspecto se distanciaba mucho del frío y bien arreglado hombre que aparecía en la oficina por las mañanas. Y era mucho más peligroso.

Gina se dirigió al cuarto de estar y eligió un cómodo sillón para sentarse sobre sus piernas tras asegurarse de que la bata se las tapaba.

¿Cómo era que estaba allí, así, prácticamente desnuda, a las cuatro de la mañana en casa de Harry?

Al cabo de unos minutos, oyó los pasos de él y plasmó en su rostro una sonrisa. Harry apareció con una bandeja en la que había dos tazas de té humeante, un plato grande con unas tostadas, mantequilla y mermelada.

—Vaya, no has perdido el tiempo —comentó ella en tono ligero, pensando lo injusto que era que los hombres pudieran estar tan guapos desarreglados y las mujeres no.

Al menos, Harry estaba guapísimo. No sabía si les ocurría a otros hombres porque jamás había pasado la noche con ninguno.

—Hace ya mucho que cenamos —Harry le sonrió traviesamente al tiempo que dejaba la bandeja y señalaba al cachorro que ella tenía en sus brazos—. Creo que te ha adoptado. Esa perrita es muy lista.

Gina enrojeció visiblemente. Era una estupidez reaccionar así a la cálida voz de Harry, pero no podía evitarlo, a pesar de saber que ése no era más que Harry y sus típicos coqueteos. Para él no significaban nada.

Haciendo acopio de todo el autocontrol que poseía, Gina dijo en tono claro:

–De lista nada. Me marcho este fin de semana y, desde luego, no tengo intención de que me acompañe un cachorro.

Harry le dio la taza de té y le ofreció el plato con tostadas. Ella agarró una media tostada, cortada en un triángulo, no porque tuviera hambre sino por tener algo que hacer. Se sentía más vulnerable que nunca.

–¿Estás segura de querer marcharte? –preguntó él tras unos segundos.

«¿Querer marcharme?» No, claro que no, nunca había querido marcharse, pero no le quedaba más remedio.

–Por supuesto –respondió ella con firmeza mirándole fijamente a los ojos–. Creo que ya hemos hablado de ello durante la cena.

Harry asintió.

–Pero no me has convencido del todo.

–Creía que había dejado muy claro que tengo que marcharme de Yorkshire.

–Que tengas que marcharte no significa que quieras marcharte –respondió Harry lanzándole una mirada cargada de sentido–. No vas a ser feliz en Londres.

–Muchas gracias. Vaya un amigo –dijo ella con sarcasmo.

–Tú misma me has dicho que yo no soy tu amigo –contestó él con mirada burlona–. ¿Qué soy exactamente para ti, Gina? ¿Cómo me ves?

A Gina no le gustó el giro que empezaba a

tomar la conversación. Harry estaba jugando con ella, quizá sólo por pasar el tiempo.

Luchando por mantener la compostura, Gina respiró profundamente y alzó la cabeza. Luego, esbozó una falsa sonrisa.

–Eres el hijo de mi jefe.

–De tu ex jefe –le corrigió Harry–. Está bien, ¿qué más?

–Eres un buen profesional, inteligente y con experiencia.

–Gracias –respondió Harry en tono serio–. ¿Qué más?

–¿Es que tiene que haber algo más?

–Eso espero –Harry se la quedó mirando unos momentos–. Como hombre, como persona… ¿te gusto?

–No deberías sentir la necesidad de preguntarme eso, hemos trabajado juntos durante un año –dijo Gina con voz débil.

–A eso es precisamente a lo que me refiero. Y yo pensaba que éramos amigos. Tú, por el contrario, no piensas lo mismo. Así que estoy empezando a creer que no te conozco, que no conozco a la verdadera Gina. Es más, estoy convencido de ello. Por ejemplo, no sabía que tenías un amante.

Los ojos de Harry estaban clavados en ella, y respondió fríamente.

–Perdona si me equivoco, Harry, pero no recuerdo que tú me hayas contado nada de tu vida privada. Por el contrario, tú sabes muchas cosas sobre mi familia, mis amigos…

–Evidentemente, no respecto a todos.

Ignorando el comentario, Gina continuó:

–Mi infancia, mi juventud, mi época en la universidad... Hemos hablado de todas esas cosas. Sin embargo, tú te has mostrado muy reservado.

Se hizo un tenso silencio.

–Sí, cierto –respondió Harry con voz extraña–. Sin embargo, esta noche te he hablado de Anna, cosa que no he hecho con nadie más; a parte de con mis padres antes de marcharme del país, claro está. ¿Es que eso no cuenta?

Gina bajó los ojos y los clavó en la tostada que tenía en la mano. El corazón le dio un vuelco.

–No he querido decir que esperaba que me hablaras de tu vida privada, Harry, sólo he dejado claro que, durante el año que llevamos trabajando juntos, nunca lo habías hecho.

–Sí, lo sé.

Se hizo un prolongado silencio. La perrita que tenía en brazos cambió de postura y Gina comenzó a acariciarla.

–Así que no puedo convencerte de que no te vayas, ¿eh?

La voz de Harry había sonado ronca y Gina, al alzar los ojos a él, vio que su expresión se había tornado sombría.

–No, no puedes. No es posible, Harry. Ya está todo arreglado. Además, el sábado tengo que dejar mi piso, ni siquiera tendría donde ir.

–Podrías utilizar mi habitación de invitados hasta que encontraras otra cosa.

Algo en la mirada de Harry la hizo sentirse casi mareada y débil.

–Tengo un trabajo y un piso en Londres. No puedo desairar a la gente que está contando conmigo. Además, no ha cambiado nada respecto al motivo por el que he decidido marcharme.

–No estaba dormido aún cuando te he oído bajar –dijo él de repente.

Gina sintió la garganta seca y bebió un sorbo de té antes de decir:

–Tenía miedo de haberte despertado –comentó ella sin saber por qué.

Harry pareció darse cuenta.

–¿No te interesa saber por qué?

Gina no podía contestar y él aprovechó su vacilación para añadir:

–No podía dormirme sabiendo que tú estabas un par de habitaciones más allá de la mía.

–Lo siento.

–Me gustas, Gina.

La atmósfera pareció cargada de electricidad.

Gina no podía hablar, sus ojos fijos en la perrita que tenía en los brazos.

–Esta noche me he dado cuenta de que no quiero que te marches de Yorkshire.

Haciendo acopio de valor, Gina alzó el rostro y le miró a los ojos. Tenía que poner punto final a esa situación. Sabía que debía alejarse de Harry antes de que él acabara por destrozarla del todo. Antes o después, sabía que Harry se cansaría de ella.

–No me interesan las relaciones de una noche, Harry –declaró Gina con seriedad.

–No estaba pensando en una noche.

–Sí, claro que sí –Gina se humedeció los labios con la lengua–. Quizá no una sino unas cuantas; pero, fundamentalmente, para ti sólo sería una aventura más, algo pasajero. Tú mismo me has dicho que eso es lo único que puedes ofrecerle a una mujer.

Gina vio una chispa de cólera en los ojos grises de Harry.

–Es verdad que no me veo dentro de la típica escena doméstica, pero no soy tan despegado como tú me pintas. Me gustaría demostrarte que puedes divertirte y ser feliz sin ese hombre, aunque sólo sea eso.

–¡Qué noble por tu parte! –exclamó ella furiosa–. Gracias, pero no.

–Me parece que no me has entendido.

–Sí, claro que te he entendido –de no haber tenido a la perrita en los brazos le habría tirado el té a la cara–. Te he entendido perfectamente, Harry. Como eres tan bueno, estarías dispuesto a acostarte conmigo un par de veces; por compasión, claro. ¿Me equivoco?

–No sé qué demonios te pasa –dijo él.

–¿A mí? ¿Que no sabes qué me pasa a mí? Harry, si lo único que yo quisiera fuera sexo, podría conseguirlo en cualquier parte. No estoy tan desesperada, por si no lo sabes. Para mí no es sólo una cuestión física, sino psíquica también.

–Lo sé –Harry la miró echando chispas por los ojos–. Lo sé perfectamente, Gina. Pero nos llevamos bien y no creo que me encuentres repulsivo, ¿me equivoco?

–Harry, estoy segura de que un noventa y nueve por ciento de mujeres aceptarían tu oferta sin pensarlo, pero yo soy parte del uno por ciento que no. ¿Podríamos dejarlo ahí?

–Estás decidida a que ese hombre te destroce la vida, ¿verdad? A que te obligue a dejar tu hogar, a tus amigos, tus raíces… Y no me digas que quieres marcharte porque los dos sabemos que no es verdad. Estás huyendo y me parece una cobardía.

–¿Y tú? –le retó ella–. Tú has permitido que Anna te haya convertido en la persona que no eras. Por supuesto, puedes decir todo lo que quieras sobre eso de que la vida nos cambia y demás, pero a mí me parece una hipocresía por tu parte que me digas que estoy permitiendo que un hombre me destroce la vida. Porque deja que te diga una cosa, Harry, no estoy dispuesta a que nadie me destroce la vida; sin embargo, creo que a ti sí te han destrozado la tuya. Te has convertido en un hombre egoísta y superficial, sin nada que ofrecer a una mujer a excepción de tu compañía en la cama. Y eso no es suficiente para mí.

Gina se calló, consciente de que había ido más lejos de lo que había sido su intención.

Se hizo un prolongado silencio hasta que la voz de Harry lo quebró.

–Bien, entiendo que tu respuesta es no –dijo él con acritud.

Sus miradas se cruzaron, pero Gina no pudo interpretar la de él. El rostro de Harry se había convertido en una máscara.

–Lo siento, no debería haberte dicho lo que te he dicho, pero me has presionado demasiado.

–Sí, ha sido culpa mía –Harry asintió–. No sabía que tuvieras tan mala opinión de mí.

Gina le vio alargar la mano para agarrar otro trozo de tostada, como si no le diera importancia a lo que creía que ella opinaba de él.

Despacio, Gina bebió un sorbo de té. Estaba frío, igual que su corazón.

–Mi opinión se basa en la imagen que das –dijo ella con voz temblorosa.

Harry pareció considerar sus palabras unos momentos mientras se recostaba en el respaldo del sillón. Después de un rato de silencio, Gina suspiró para sí. Le había ofendido, pero no podía seguir soportando aquel silencio.

Gina abrió la boca para hablar, pero fue un segundo después que él.

–Esa imagen no me representa completamente –declaró Harry.

Gina lo sabía. El hombre al que amaba era un ser humano muy complicado. Era enigmático y frío, gracioso y cálido.

La primera vez que ella reconoció que se había enamorado perdidamente de él fue cuando descubrió que Harry había pagado de su bolsillo el alquiler que uno de sus empleados debía. El empleado en cuestión tenía problemas de drogas y Harry le había despedido después de cinco meses en los que dicho empleado sólo había ido a trabajar un día a la semana. Cuando la esposa de ese hombre se presentó en el trabajo con la esperanza de encontrarle, se descubrió que él había frecuentado su casa menos aún que el trabajo. Harry había llevado a la mujer a su casa y descubrió que además la pareja tenía tres hijos. Había pagado el alquiler que debían, le dio trabajo a la mujer en su empresa y también buscó una guardería para los niños, que también pagó él.

Gina se mordió los labios, intentando contener las lágrimas que amenazaban con aflorar a sus ojos.

–Estoy de acuerdo, Harry, pero tienes que entender por qué he dicho lo que he dicho. En lo que respecta a los asuntos del corazón, por llamarlo de alguna manera, tú y yo somos completamente distintos –al menos, eso era verdad–. Yo no podría acostarme con alguien así, sin más, sin que hubiera amor.

Harry asintió.

–Me gustaría saber quién es para decirle lo imbécil que es –dijo Harry en tono apenas audible.

Gina tragó saliva.

–He sido una tonta. Sabía lo que iba a pasar, pero no he podido evitarlo. Creo que nunca podré superarlo. Por eso es por lo que tengo que irme. No quiero convertirme en alguien que no se gusta a sí misma.

–Le quieres mucho, ¿verdad?

–Sí, así es.

–La vida, a veces, es muy dura.

La vida le había ido bien hasta que apareció Harry. El cachorrillo que tenía en los brazos comenzó a moverse.

–Creo que voy a llevarla con sus hermanas –Gina se puso en pie.

Por las ventanas vio que empezaba a amanecer. Parecía que iba a ser un hermoso día de primavera.

Después de dejar a la perrita con las otras, Gina salió del cuarto de lavar y se acercó a la cocina, donde Harry la estaba esperando.

–Aún podemos dormir una hora antes de que suene el despertador –dijo Harry con una media sonrisa.

–No tengo despertador –dijo ella.

–Llamaré a la puerta para despertarte, no te preocupes.

Cuando llegaron al piso de arriba, Harry se detuvo delante de la puerta de la habitación de ella y dijo:

–Gina, no ha sido mi intención herir tus sentimientos.

–No te preocupes, no lo has hecho.

–Y no eres una cobarde, sino todo lo contrario –Harry se aclaró la garganta–. Quiero que sepas que, en cualquier momento que necesites un amigo, aquí me tienes, ¿de acuerdo? Siempre estaré disponible para ti.

Harry se dio media vuelta y fue a su habitación tras esas palabras.

Cuando Gina se encontró dentro de su habitación y con la puerta cerrada, lanzó un quebrado suspiro. Después, dando rienda suelta al llanto, se acostó.

Se quedó dormida al minuto, con el rostro bañado en lágrimas y extenuada.

Capítulo 6

BUFANDO y mesándose los cabellos, Harry se paseó por la habitación.

¿Qué demonios había pasado? ¿Por qué demonios la había invitado a dormir en su casa? ¿Qué habría hecho si ella hubiera aceptado su ridícula proposición? Y era ridícula, se mirase como se mirara. Gina estaba enamorada de un sinvergüenza que llevaba meses tomándole el pelo, o quizá años, y ella había decidido dejarle porque ese hombre no quería una relación con ataduras.

¿Y qué había hecho él?, se preguntó Harry a sí mismo. Le había ofrecido exactamente lo mismo. No era de extrañar que Gina se hubiera puesto furiosa.

Harry se acercó a la ventana. El amanecer de un nuevo día. Después de romper con Anna, su madre le había dicho que ella veía cada día como un comienzo en su vida; el pasado, con sus equivocaciones, era inalterable; el presente y el futuro eran territorio virgen para hacer lo que uno quisiera. Él le había agradecido el esfuerzo por ayudarle, pero estaba tan lleno de ira y

amargura que había rechazado esas ideas proce-
dentes de una persona que jamás, en su opinión,
había tenido un contratiempo. Por supuesto, había sido un arrogante. Quizá siguiera siéndolo. A
Gina debía parecérselo.

Sonriendo burlonamente, se alejó de la ventana y miró en torno a la habitación, que había
hecho decorar, al igual que el resto de la casa, al
comprarla. Era una estancia decorada en colores
café y crema, sin muchos adornos, pero lujosa.
Tal y como a él le gustaba. Y también le gustaba su vida.

Harry se pasó una mano por el rostro. Al menos, le había gustado su vida hasta hacía doce
meses, cuando entró en la empresa de su padre
y una pelirroja de dulce sonrisa le saludó. Doce
meses. Doce meses de preocupantes sueños, de
salir con mujeres con las que no quería salir,
pero que le proporcionaban una distracción y
alivio sexual.

Sacudió la cabeza y comenzó a pasearse de
nuevo. Visto así, no podía negar que había utili-
zado a esas mujeres; pero, por otra parte, ellas
habían aceptado sus condiciones.

Sin embargo, con Gina no podía haber condiciones. Desde el primer momento, sabía que
Gina era una mujer para toda la vida. Con lo
que él no había contado era con lo difícil que le
iba a resultar dejar que desapareciera de su vida
ni con que estuviera desesperadamente enamorada de otro hombre.

¿Estaba celoso?

Sí, claro que lo estaba.

Después de lanzar una maldición, Harry se golpeó la palma de la mano con el puño de la otra. Tenía que controlar sus sentimientos, casi no podía reconocerse a sí mismo. Lo mejor que podía hacer era dejarla marchar y seguir con su vida. «Ojos que no ven, corazón que no siente».

Algo dentro de su cuerpo se retorció y respondió a esa sensación con un gruñido. Estaba harto. Necesitaba un poco de aire fresco con el fin de despejarse la cabeza. No lograba razonar con lógica y la lógica siempre le había ayudado, hasta ese momento.

Fuera de la casa, sin distracciones, podría pensar.

Harry respiró profundamente y trató de relajarse antes de mirar el reloj. Todavía faltaban un par de horas hasta que tuviera que despertarla. Para entonces, ya habría recuperado el sentido.

Se vistió sin molestarse en ducharse y, sigilosamente, salió de la habitación y bajó las escaleras. Una vez en el jardín, se detuvo. Había pensado en dar un paseo, pero le serviría igual sentarse.

Inhaló el perfumado aire de la mañana y caminó hacia un banco de madera al lado del muro de piedra que rodeaba la propiedad. Desde donde estaba se veía perfectamente la casa, bañada por la luz matutina. De repente, se dio cuenta de que aquel lugar, tanto la casa como el jardín y el campo que la rodeaba, era un lugar del que emanaba un sentido de permanencia.

¿Había sido ésa, subconscientemente, la razón por la que aquella propiedad le había atraído desde el primer momento que la vio?

Harry frunció el ceño, no le gustaba la idea. No encajaba con la idea que tenía de sí mismo. Al igual que todo lo que le había ocurrido durante las últimas veinticuatro horas, le preocupó.

Poco a poco, sus pensamientos se fueron ordenando. El cielo se aclaró más, los pájaros le regalaron sus cantos y las flores perfumaban el aire.

Hacía fresco, pero él continuó sentado donde estaba, sin moverse, durante un largo tiempo.

La amaba. Hacía meses que se había enamorado de ella, pero se había negado a reconocerlo porque era lo último que quería que le ocurriera. Y ahora ya daba igual porque Gina, la tierna y dulce Gina, estaba enamorada de otro hombre.

Qué ironía de la vida.

Una hora más tarde, Harry se levantó del banco y, con paso mesurado, volvió a la casa.

Capítulo 7

CUANDO Gina se despertó de un satisfactorio sueño en el que estaban Harry, ella y un helado de chocolate, el sol brillaba resplandeciente. Se estiró y fue entonces cuando se dio cuenta de que unos golpes en la puerta era lo que la habían despertado. El despertador llamado Harry.

–Gracias, ya me he despertado –dijo ella en voz alta para que Harry pudiera oírla desde el pasillo.

Y lanzó un grito de sorpresa cuando la puerta se abrió y Harry entró en el cuarto con una bandeja en las manos.

Harry no pareció notar que ella, apresuradamente, se subía el edredón hasta la barbilla, debido a que mientras dormía el albornoz se le había abierto.

–Como no sé si tomas café o té por las mañanas, te he traído las dos cosas.

–Me da igual, gracias. Pero no deberías haberte molestado.

–No ha sido ninguna molestia.

Harry dejó la bandeja encima de la mesilla

de noche y se la quedó mirando. Harry era muy alto, más de un metro ochenta, y el magnetismo que ejercía sobre ella le impidió observar durante unos momentos que no iba vestido con su acostumbrado traje y corbata.

Cuando recuperó la respiración, Gina dijo cautelosamente:

—¿Vas a volver a tu casa después de dejar a los cachorros en el refugio? —preguntó ella mirándole los pantalones vaqueros y la camisa azul.

Harry le sonrió y respondió indirectamente:

—Bébete lo que quieras y luego, cuando estés lista, baja. No hay prisa.

—¿Qué hora es?

Harry se miró el reloj de pulsera.

—Las once —respondió él con calma.

—¿Las once? No es posible. ¿Y el trabajo?

—Que yo sepa, no tienes que ir a trabajar hasta el lunes.

—Me refiero al tuyo.

—He decidido tomarme el día libre.

—Desde que te conozco, es la primera vez que haces eso —comentó ella con perplejidad.

—En ese caso, supongo que ya me tocaba.

—¿Y tu padre? ¿Y Susan? Ella aún no está acostumbrada…

—Le irá bien. Es de esa clase de mujeres —respondió Harry con voz queda.

Sí, eso era verdad. Aún incapaz de creer haber perdido ya la mitad del día, Gina le miró fijamente. Los ojos de Harry estaban oscurecidos y sus labios esbozaban una irónica sonrisa. Ella esperaba no tener los ojos enrojecidos por el llanto de la noche anterior.

–¿Están bien los cachorros? Todavía no los has llevado al refugio, ¿verdad?

–Los cachorros están bien y no los he llevado al refugio. Hace un rato los saqué al césped y los he tenido allí una hora. Y corrían como demonios.

¡Ojala no le amara tanto!, pensó Gina.

–Deberías haberme despertado antes, te habría ayudado.

–Necesitabas dormir.

¿Estaba tratando de decirle, de forma indirecta, que tenía ojeras? Pensando que era mejor no saberlo, Gina se preguntó cuánto tiempo más iba a quedarse Harry ahí de pie mirándola.

–¿Has llamado al refugio?

–No –respondió él con calma.

Gina esperó a que se explicara, pero Harry no lo hizo. La descarada virilidad de Harry era aún más potente ese día, y más intimidante. Ella sintió la boca seca y el pulso acelerado.

–Bien, nos vemos abajo dentro de un momento, ¿te parece? –dijo Gina significativamente.

–Azul violeta.

–¿Qué?

–Que tus ojos son del color de las violetas silvestres que crecen en mi jardín al lado de la valla de piedra –explicó Harry con voz suave–. Una flores preciosas, pequeñas y exquisitas.

–Ah –Gina sintió que el pecho le oprimía–. Gracias.

–De nada.

Harry seguía sin moverse.

–Bajaré dentro de un momento y, si quieres, podemos llevar las perritas al refugio. Sé que debes tener muchas cosas que hacer y yo tengo que ir a mi casa a arreglarlo todo.

Suponía que por fin Harry había captado la indirecta.

–Estoy preparando un pastel de beicon y patatas asadas para comer.

–¿Sí?

–Claro. No pensarías que iba a enviarte a tu casa muerta de hambre, ¿no?

–Lo que pensaba era que querrías deshacerte de los cachorros lo antes posible –contestó Gina.

Harry frunció el ceño.

–Ah, ya. Entonces, no tienes mucha prisa por marcharte, ¿eh?

–Teniendo en cuenta que son las once de la mañana, no creo que pueda decirlo, ¿no te parece? –observó Gina irónicamente.

Harry sonrió.

–Espero que no hubieras quedado con nadie.

Gina pensó en Janice, la vecina de abajo. Hasta ese momento había olvidado que le había prometido a Janie invitarla a desayunar antes de que se marchara al hospital donde trabajaba como enfermera, iba a haber sido un desayuno de despedida. El problema era que se le olvidaba todo cuando estaba con Harry.

–Puedo quedar más tarde.

Él arqueó las cejas.

–Lo siento.

No parecía sentirlo mucho.

–Da igual, no importa.

«Pero vete, por favor. Vete».

Sin embargo, Harry no se marchó. Su sonrisa había desaparecido.

–No es bueno dejarse llevar por otra persona.

Gina se lo quedó mirando.

–No, supongo que no –contestó ella son comprender.

–Y una ruptura debe ser eso, una ruptura.

¿Se le había pasado algo por alto?

–Perdona, Harry, pero no te sigo.

–¿Habías quedado con ese tipo, ¿verdad? Por Dios, Gina, ¿es que no te das cuenta de cómo es? Sabe perfectamente lo que sientes por él y por qué te vas de aquí; y, a pesar de ello, había quedado contigo… Dime, ¿para qué había quedado contigo?

Gina trató de no quedarse boquiabierta. Por fin, forzó una expresión indignada.

–Había quedado para desayunar con una vecina que vive en el piso justo debajo del mío. ¿Satisfecho? No sé lo que estabas pensando, pero te has equivocado de medio a medio.

A Gina se le derritió el corazón al ver la expresión de Harry.

–Perdona. Creo que me he pasado.

–Y mucho. Eso ha quedado bien claro.

–Está bien, te dejaré para que puedas vestirte

–dijo Harry con suavidad–. La comida estará lista dentro de media hora.

Cuando la puerta se cerró tras él, Gina continuó sin moverse en la cama durante unos segundos. Luego, apartó el edredón, se levantó de la cama y se dirigió al cuarto de baño. Allí, se miró al espejo y gruñó. Tenía ojeras y sus ojos mostraban que había llorado la noche anterior. ¡Y su pelo! ¿Por qué siempre tenía el pelo así por las mañanas?

Un cuarto de hora más tarde, el espejo le dijo que ya no asustaba a los niños pequeños.

Se había duchado, se había lavado el pelo y se lo había recogido en una cola de caballo. Como siempre llevaba maquillaje en el bolso, también se había maquillado y volvía a parecer un ser humano.

Había tenido la buena idea de lavarse las bragas antes de acostarse y de colocarlas encima del radiador de la habitación para que se secaran, esperaba que Harry no hubiera visto la breve pieza de encaje negro.

Por fin, consciente de que estaba limpia y arreglada, respiró profundamente y abrió la puerta del dormitorio.

Almuerzo con Harry. La última comida que iba a hacer con él, pensó trágicamente.

Una vez en el piso bajo, se detuvo en el vestíbulo. Los rayos del sol se filtraban por la ventana, iluminando aquel antiguo suelo de madera, confiriéndole un encanto especial. La casa entera era preciosa.

Un ligero movimiento al final del vestíbulo llamó su atención y, al volver el rostro, vio a Harry contemplándola.

—¿Te parece bien que comamos en el desayunador? Es menos formal que el comedor, pero algo más cómodo que comer en la encimera de la cocina.

Gina asintió y sonrió rápidamente.

—¿Te puedo ayudar en algo?

—¿Quieres llevar la ensalada? Yo llevaré el resto.

El desayunador estaba junto a la cocina; no era grande, pero sí encantador, con contraventanas de madera y una mesa con sillas en el centro de la estancia. La otra pieza de mobiliario era un aparador, también antiguo. Un jarrón con jacintos adornaba el dintel de la ventana.

Después de ir a ver a los cachorros, que estaban dormidos, Gina volvió y se sentó mientras Harry le preguntaba:

—¿Tinto o blanco? Aunque, si lo prefieres, hay agua mineral, o zumo de naranja y de mango.

—Agua mineral, gracias.

Harry sirvió agua para ambos; después, le puso en el plato un trozo de pastel de beicon y ella se sirvió una patata asada y ensalada.

Aquella estancia era acogedora, demasiado acogedora. Estaban demasiado cerca.

Aclarándose la garganta, Gina clavó los ojos en su plato y dijo:

—Esto está… está muy bueno, Harry.

–Gracias.

–¿Has preparado tú el pastel de beicon?

Él asintió y bebió un sorbo de agua antes de decir:

–Sí, ya te lo había dicho, me gusta cocinar. Hay algunas personas que aseguran que no sabían lo que era comer bien hasta probar mi *borsch*.

Gina le miró, pensando que Harry estaba bromeando, pero parecía estar completamente serio.

–Lo siento, pero no sé lo que es eso.

–¿No?

Harry sonrió traviesamente, sus ojos llenos de calor, derritiéndola.

–No –repitió ella, luchando contra el hormigueo que sentía en el estómago.

–Bueno, el mío tiene beicon, pimientos rojos y apio, lo que le da un sabor agridulce. Se pone repollo, patatas, beicon, tomates, zanahorias, cebollas y algunas cosas más en una cacerola y se hierve a fuego lento durante cuarenta minutos antes de añadir remolacha, azúcar y vinagre; entonces, se deja hervir un poco más. Luego, se sirve con unas cuantas hierbas frescas y se añade nata.

Mientras hablaba, Harry tenía los ojos fijos en la boca de ella, lo que hizo que se le encendieran las mejillas.

Gina jamás había pensado que una conversación sobre cocina pudiera ser tan erótica.

–Es un plato muy bueno para el invierno. Es

para que se tome delante de una chimenea. Deberías probarlo.

Gina tragó saliva. Sentada en una alfombra con Harry delante de una chimenea era suficiente alimento.

–No creo que mi vida en Londres incluya chimeneas.

–Es una pena.

«Síguele el juego», se dijo Gina a sí mismo en silencio.

–Bueno, tendré que conformarme con caviar y clubs nocturnos –dijo ella en tono ligero–. Como hacen las chicas de las grandes ciudades.

Harry se la quedó mirando desde el otro lado de la mesa.

–No, no te veo en ese papel. Lo siento.

–¿No crees que los hombres se pongan a hacer cola para invitarme a champán? –preguntó ella fingiendo incredulidad.

–Yo no he dicho eso.

De repente, la atmósfera cambió. Ya no había humor en los ojos grises de Harry, sino una intensidad que la sorprendió.

Harry se inclinó hacia delante.

–Sí, Gina, claro que habrá hombres. De sobra, supongo. Pero no creo que sean la clase de hombres que tú necesitas.

Gina no podía apartar los ojos de los de él. En el ambiente había preguntas que no se hicieron, preguntas que podían abrir posibilidades que ella no quería contemplar. Harry era Harry. Quizá le apeteciera un cambio de dieta, una mujer distinta a las altas, delgadas y rubias a las que estaba acostumbrado. Pero a Harry nunca le interesaría una relación permanente, él mismo se lo había dicho la noche anterior.

Gina bajó la mirada. Clavando los ojos en el plato, agarró el tenedor y dijo:

—En fin, ya veremos qué tal me va.

Después de un tenso silencio, Harry la sorprendió diciendo:

—Necesito que me ayudes.

—Ah —ella asintió—. ¿A llevar los cachorros al refugio? Ya te he dicho que lo haría.

—No exactamente. He decidido quedármelos.

—¿Qué? —Gina pensó que no le había entendido.

—Que he decidido quedarme los cachorros —Harry se llevó a la boca un trozo de pastel de beicon y pareció saborearlo con gusto—. Esta mañana he llamado a la señora Rothman para decirle que no viniera hoy porque yo iba a estar en casa, y le he pedido si podría venir a trabajar de lunes a viernes, cuatro horas al día, con el fin de cuidar de los cachorros mientras yo estoy en la oficina.

—¿Y te ha dicho que sí?

—Con la condición de poder traer sus propios perros cuando su marido no esté en casa.

—Pero…

—¿Qué?

—Bueno, sólo si… si lo has pensado bien. Los perros requieren cuidados, hay que responsabilizarse de ellos… —Gina le miró con perplejidad, aquél no era el Harry que conocía–. Tienes que ser consciente de que no puedes tenerlos una temporada y, cuando te canses, dejarlos. Eso no sería justo.

–No tienes muy buena opinión de mí, ¿verdad?

«Si tú supieras la opinión que tengo de ti…», pensó Gina.

–No tengo intención de abandonarlos. Nunca. He decidido quedármelos y estarán conmigo durante el resto de su vida. ¿Entendido?

–Harry, irse a vivir a otro país es una cosa, trasladarse al extranjero con cuatro perros es muy distinto.

–Lo sé.

–Me parece que no.

–He decidido quedarme aquí, Gina.

–¿Qué? –Gina parpadeó.

–No me conoces tan bien como crees, ¿eh? –dijo él con inmensa satisfacción–. He pensado que me costaría mucho encontrar otra casa como ésta; me gusta. Inglaterra me gusta.

–Pero tú habías dicho que…

–Ya, pero he cambiado de idea. Y aquí hay mucho espacio para los perros. Voy a subirle el sueldo a la señora Rothman y se acabó.

Gina se mordió los labios. Aquello era ridículo.

Gina no estaba dispuesta a darse por vencida todavía.

–Los perros no deberían estar solos en una casa.

–¿Es que no has oído lo que te he dicho? La señora Rothman va a venir de lunes a viernes y yo estaré en casa los fines de semana. Es más, puede que incluso lo arregle para trabajar desde casa algunas mañanas –Harry pareció complacido de haberla sorprendido hasta ese punto–. Me sorprende que no me felicites por haber decidido asumir algunas responsabilidades; sobre todo, después de lo que me dijiste ayer al respecto.

No debería haber aceptado pasar la noche allí, pensó Gina sintiendo una gran tensión.

–Harry, haz lo que quieras. Al fin y al cabo, esto no tiene nada que ver conmigo.

–Supongo que tienes razón –contestó Harry–. Es sólo que a primeras horas de la tarde tengo cita con el veterinario. Quiero que examine a las perritas y vea si ya se las puede vacunar y esas cosas. Iba a pedirte que me acompañaras. Además, quería pedirte que me ayudaras a comprar collares, correas, comida y demás cosas que necesiten.

Gina se lo quedó mirando, casi al borde de la histeria. Ese día tenía pensado limpiar el piso con el fin de dejarlo listo para los nuevos inquilinos, que iban a tomar posesión del piso el sábado. Había dejado el trabajo un miércoles con el fin de disponer de dos días para hacer todas esas cosas. Ya iba con retraso y Harry le estaba pidiendo que se quedara más tiempo allí, cosa completamente ilógica.

–Come y no te preocupes, te llevaré a tu casa

después del almuerzo. No debería haberte pedido el favor –dijo él.

No, no debería haberlo hecho. Y ella no debería considerar hacerle el favor ni un segundo.

–¿Estás completamente seguro de que quieres quedarte con las cuatro perritas? ¿Lo has pensado bien? Estamos hablando de doce o trece años de responsabilizarte de ellas por lo menos. ¿Tanto han cambiado las cosas desde ayer, Harry? Tengo que… saberlo.

Harry la miró y ella notó que los duros ángulos de su rostro y cuerpo le hacían parecer algo mayor de lo que era, treinta y tres años. Por otra parte, Harry tenía la clase de estructura ósea que le confería una edad indefinida; quizá, a los cincuenta o sesenta, aparentaría cuarenta.

Harry alargó el brazo y le tomó la mano como si tuviera todo el derecho del mundo a hacerlo, y ella tuvo que recordarse a sí misma que el gesto no era más que una expresión de amistad, a pesar de la corriente eléctrica que sintió.

–Entiendo que te muestres escéptica –dijo él con voz queda–. Pero esto va en serio, Gina. Quizá, en parte, se deba a que en el fondo me gustaría llevar una existencia más tranquila, más hogareña. No sé si se debe en parte a que he reflexionado después de la conversación que tuvimos ayer. En cualquier caso, creo que los perros me harán compañía.

Gina se preguntó cómo podría retirar la mano sin mostrarse brusca y decidió que no podía. El problema era que, queriendo a Harry como le quería, cualquier contacto físico tenía una significación extraordinaria para ella y un efecto casi doloroso.

Enderezando la espalda, Gina lo miró a los ojos.

–Entonces, ¿estás diciendo que vas a quedarte aquí… más o menos permanentemente? ¿Has decidido también hacerte cargo de la empresa cuando llegue el momento? A tu padre le gustaría.

–Eh, un momento –Harry sonrió, inclinándose hacia atrás y, por fin, soltándole la mano–. Yo no he dicho eso. La verdad es que no me veo en el papel de mi padre. Somos muy diferentes. Yo me inclino más hacia el trabajo de organización y reestructuración de empresas, algo que me permitirá decidir dónde y cuándo quiero trabajar. De esa forma, si quiero tomarme unas semanas de vacaciones, no tendría problemas. Podría elegir.

Gina se le quedó mirando con expresión dubitativa.

–¿Podrías hacerlo? ¿Conseguirías suficiente trabajo?

Los ojos de él se llenaron de humor.

–Eres el antídoto contra el egocentrismo. Pero la respuesta a tu pregunta es sí, tengo los suficientes contactos como para trabajar todo lo que quiera.

Independiente hasta el fin. Nada había cambiado. Quizá hubiera decidido tener una base, pero seguía siendo un espíritu libre, incapaz de atarse a nadie ni a nada.

Gina asintió.

–Qué suerte. Supongo que es ideal para ti.

–A mí también me lo parece –Harry se llevó otro trozo de comida a la boca–. Bueno, aún no me has dicho si te gusta mi pastel de beicon.

–Del cero al diez, un ocho.

–Ya veo que es muy difícil complacerte.

–Por supuesto. Pero has ganado en lo que a los perros se refiere, te acompañaré al veterinario esta tarde. Lo hago por los cachorros, naturalmente, no por ti.

Gina esperaba que él le diera las gracias de buen humor. Sin embargo, con los ojos de Harry acariciándole el rostro, le oyó decir:

–Gracias, Gina. Eres una mujer muy especial.

«No, por favor, no te pongas tierno conmigo».

El nudo que se le puso en la garganta le impidió hablar, por lo que Gina se limitó a regalarle una sonrisa.

Capítulo 8

GINA y Harry salieron de la casa y se dirigieron a la clínica veterinaria un par de horas más tarde con los cachorros dentro de una cesta que la señora Rothman había llevado justo cuando estaban acabando de almorzar.

Después del examen, el veterinario dijo que los cachorros estaban bien de salud, y explicó que aún eran demasiado pequeños y debían esperar dos semanas más para ponerles las vacunas. Mientras se despedían, le deseó buena suerte a Harry.

Gina y Harry volvieron a casa de éste cargados de cuencos para comida y bebida, artículos necesarios para que los animales durmieran cómodamente, collares, correas, cepillos, peines y comida para cachorros. Al final, el cuarto de lavar parecía una tienda de animales.

Gina miró a su alrededor, contemplando toda la parafernalia que había en la estancia, sin darse cuenta de que su expresión reflejaba lo que estaba pensando.

–No te preocupes, Gina, podré hacerme cargo de los perros.

–Yo no he dicho nada.

–No ha hecho falta –él sonrió–. Ya soy mayor, Gina. ¿O es que no lo has notado?

Sí, claro que lo había notado.

–Voy a construir una especie de corral para ellos en el jardín, tal y como el veterinario ha sugerido, con cosas para que jueguen, ¿te parece? –Harry señaló el libro que había comprado por recomendación del veterinario–. Esta noche lo voy a leer del principio al fin.

El entusiasmo de Harry la enterneció. Al darse cuenta de que era de suma importancia mantener una apariencia fría, ella asintió.

–Sí, vas a tener que hacerlo. Y espero que la subida de sueldo de la señora Rothman sea una buena subida de sueldo.

Harry sonrió traviesamente.

–Enorme. Bueno, ¿cómo vamos a llamarlas? ¿Alguna idea?

–¿Vamos? ¿Los dos?

–Tú has intervenido tanto en el rescate como yo. Me gustaría que tú eligieras sus nombres.

–No. Son tus perras, Harry.

–Y quiero que tú las pongas el nombre. A las mujeres se os dan mejor esas cosas que a los hombres. Y no te preocupes, no voy a aparecer en Londres con las perritas en los brazos pidiéndote que por favor te cases conmigo por el bien de ellas. Sólo te pido que las pongas el nombre.

Eso no tenía ninguna gracia. Pero Gina rió, como se esperaba de ella.

–Bueno, como es primavera… –Gina se quedó pensativa–. ¿Qué te parece si las ponemos nombres de flores? La pequeña podría llamarse Daisy; la más grande, Rosie; a las dos medianas podríamos llamarlas Poppy y Pansy.

Harry la miró con horror.

–Si crees que voy a gritar Pansy en medio del campo estás en un grave error.

–¿Petunia?

–No.

–¿Primrose?

–Se parece a Rosie.

–¿Iris?

–La mejor amiga de mi madre se llama Iris, podría molestarse.

–¿Violet? –añadió Gina, pensando que se le estaban agotando los nombres.

–Es el nombre de pila de la señora Rothman. Prefiero no ofenderla, si no te importa.

–Pues ya no se me ocurre ningún otro nombre –declaró ella–. Yo he puesto nombre a tres de las cuatro, pon tú uno.

–Está bien –Harry se apoyó en la pared, mirándola con una expresión impenetrable.

Tenía el cabello revuelto y se había echado la chaqueta de cuero negro al hombro. Estaba para comérselo.

–Bueno, si estás lista, te llevaré a tu casa ahora –dijo él con calma.

Gina sintió esas palabras como una bofetada. Pero sin perder la compostura, asintió y logró sonreír.

Harry no habló mucho durante el trayecto y Gina se lo agradeció en secreto. Le habría resultado sumamente difícil entablar una conversación, estaba demasiado triste.

Cuando pararon delante de la casa, Gina salió del coche como una flecha, sin darle a Harry tiempo para salir.

–No, por favor, no te molestes –le dijo cuando le vio abrir su portezuela–. Será mejor que vuelvas con los cachorros.

–¿Qué más dan unos minutos? –Harry salió del coche y le dio a Gina el sistema de navegación por satélite que sus compañeros le habían dado como regalo de despedida–. Creo que vas a necesitar esto en Londres.

Forzando una sonrisa, Gina aceptó la caja.

–Sí, desde luego. Bueno, será mejor que me vaya a mi casa y empiece a limpiar el piso. Adiós, Harry.

Los ojos de él empequeñecieron.

–Creía que ibas a darme la dirección de tu casa en Londres.

«Como si realmente te importara», pensó ella. Pero asintió.

–Sí, claro –mintió Gina–. Te llamaré mañana para dártela. Tengo el número de tu móvil.

–Gracias por todo lo que me has ayudado durante las últimas veinticuatro horas –dijo él con voz queda–. Te lo agradezco de verdad.

«Sí, claro que me lo agradeces. He hecho lo que me has pedido que hiciera, como una tonta. ¿Cómo no vas a agradecérmelo?»

–Va, no te preocupes, no ha sido nada.

«Por favor, vete. Si no te vas, o me derrumbo o me echo en tus brazos».

–Te llamaré para contarte cómo están los cachorros.

–Gracias.

–Cuando vengas a ver a tus padres, tienes que venir a mi casa a ver a las perritas.

–Sí, lo haré.

–Para entonces ya se me habrá ocurrido el nombre de la cuarta.

Gina asintió.

Harry se la quedó mirando unos momentos más mientras ella se mantenía rígida y tensa.

–En fin, será mejor que deje que te vayas, ya te he entretenido más que de sobra.

«Podrías entretenerme el resto de la vida si pensara que existe la menor posibilidad de que llegue a significar algo para ti».

Entonces, Harry bajó la cabeza y acercó la boca a la suya.

Gina se quedó inmóvil. Los labios de él eran cálidos y firmes, una caricia exploratoria que profundizó y profundizó. Completamente cautivada, ella no podría haberse apartado aunque su vida hubiera dependido de ello; sin embargo, se contuvo para no responder al beso, consciente de que si lo hacía estaría perdida. Harry pensaba que ella estaba enamorada de otro; no obstante, si respondía a su beso como quería hacerlo, Harry podría empezar a darle vueltas al asunto en su cabeza y...

Agarrando con fuerza la caja que tenía en las manos, Gina se ordenó a sí misma permanecer impasible, pero sintió que no le iba a ser posible. Al fin y al cabo, era Harry quien la estaba besando. Y mientras abría la boca bajo la de él, se dijo a sí misma que estaba harta de pensar y razonar, que quería sentir. Aquel sería un recuerdo que llevaría consigo durante el resto de su vida.

Su salvación fue la caja que tenía en las manos, por lo que no podía rodear el cuello de Harry y abrazarle como quería. Y él pareció darse cuenta de ello también porque se enderezó y sonrió débilmente.

–Lo siento, Gina.

–Tengo cosas que hacer, Harry –murmuró ella.

–Lo sé. Adiós, Gina.

–Adiós.

Esa vez, Gina se dio media vuelta y entró en su casa.

Secándose las lagrimas, Gina no sabía cuánto tiempo había pasado sentada en el sofá del cuarto de estar sintiéndose físicamente enferma.

¿Cómo iba a seguir viviendo con el vacío que sentía en el corazón?, pensó mirando a la ventana y viendo que ya había anochecido.

Con piernas entumecidas por permanecer en la misma posición tanto tiempo, Gina se puso en pie, fue a la cocina y se preparó una taza de café antes de ir a ver los mensajes que tenía en el contestador automático: dos de su madre, recordándole que al día siguiente la esperaban para cenar; uno de Margaret, para ver cómo estaba; y otro de Janice, preguntándole qué había pasado esa mañana.

Estiró la espalda y se masajeó el cuello en un intento por liberar la tensión. Teniendo en cuenta que sólo había dormido unas horas la noche anterior, no se sentía excesivamente cansada. Se sentía mareada, pero no cansada.

Después de darse un baño y de tomarse dos aspirinas para el dolor de cabeza, Gina se puso el pijama y se sentó delante del televisor a ver un programa que no le interesaba mientras se tomaba otra taza de café. Se obligó a comer dos galletas de chocolate, sorprendiéndose de querer sólo dos en vez de medio paquete como solía hacer.

El teléfono sonó a las once, pero ella no contestó, no quería hablar con nadie. Después, escuchó el mensaje… de Harry:

–Debes estar ya durmiendo, pero quería que sepas que ya tengo el nombre de la cuarta perrita. Zinnia. ¿Qué te parece? El libro de jardinería que tengo dice que es una planta de la familia de las margaritas, *asteraceae*, con flores rojas y amarillas, como tu pelo. Me ha parecido un nombre muy apropiado.

Se hizo una pausa en el mensaje y Gina se dio cuenta de que estaba conteniendo la respiración.

–Ah, y el libro también dice que el nombre alude a echar de menos a un amigo. Buenas noches, Gina. Que duermas bien.

–¿Que duerma bien? –dijo Gina para sí en voz alta–. ¿Me has destrozado mental y emocionalmente y me dices que duerma bien? ¡Y me importa un bledo que el nombre de la perrita signifique echar de menos a un amigo!

La cólera que la consumió era casi palpable.

Harry era un sinvergüenza, sin más. Furiosa, comenzó a pasearse por el cuarto de estar. Harry mantenía las distancias con todo el mundo, los apartaba de sí sin importarle cuántos corazones destrozaba por el camino.

No, eso no era del todo verdad. Tenía relaciones con mujeres que sabían lo que podían esperar de él, Harry no tenía la culpa de que acabaran enamorándose. Y una cosa era cierta, Harry no tenía ni idea de lo que ella sentía por él. Y la había invitado a su casa porque la consideraba una amiga. ¡Una amiga!, pensó Gina amargamente.

Necesitaba un vaso de leche con cacao para ayudarla a dormir, pensó Gina con firmeza. Y quizá un par de tostadas. Tenía el corazón hecho trizas y quizá le esperase un futuro vacío sin marido ni hijos ni nada de lo que había soñado tener algún día, pero no iba a derrumbarse. No iba a permitírselo a sí misma. Y tampoco iba a convertirse en una amargada.

El vaso de leche con cacao y la tostada le sentaron bien. Después de terminar su ligera cena, fregó la taza y el plato, que iba a embalar con sus otras posesiones.

No quería marcharse, pensó conteniendo las lágrimas una vez más, pero iba a hacerlo. Aunque no definitivamente, sino un par de años quizá, el tiempo suficiente para convencerse de que Harry jamás sería suyo.

Y cuando regresara, no lo haría a ese apartamento ni volvería a trabajar en Breedon & Son, ni siquiera volvería al pueblo en el que había nacido. A otro pueblo próximo. Ella no era una chica de ciudad y nunca lo sería.

Enderezando los hombros, se dirigió al cuarto de baño. Allí, se lavó los dientes, negándose a mirarse al espejo, negándose a ver sus enrojecidos ojos por el llanto.

No quería ver en el espejo el reflejo de una mujer triste y perdida.

Una vez en la cama, Gina se repitió a sí misma que estaba haciendo lo que tenía que hacer, era así de sencillo.

Al cabo de unos minutos, se quedó dormida.

Capítulo 9

HARRY estaba sentado delante de la chimenea con expresión sombría.

¿Quién era ese hombre que había cautivado a Gina? Y «cautivado» era la palabra adecuada. No podía ser ningún empleado de la empresa porque la voz se habría corrido, allí era imposible guardar secretos. Por lo tanto, tenía que ser alguien que ella había conocido en otra parte. ¿Un vecino? ¿Un amigo de la universidad?

Estaba claro que ella no vivía ni había vivido con él, ¿Por decisión de ella o de él? En realidad, Gina le había contado muy poco al respecto, se había mostrado muy reservada, nada propio de ella.

¿O sí era propio de ella? Ya no lo sabía. A las mujeres no habían quien las entendiera.

Gina le había dicho que no creía que a él le gustaran las mujeres y él había admitido ser escéptico al respecto. La verdad era que durante los últimos diez años su comportamiento se había visto condicionado por el miedo, así de sencillo. Hasta ahora, había creído que enamorarse le dejaría indefenso y se negaba a que le ocurriera.

La hoguera lanzó unas chispas y Harry se estremeció a pesar de que la habitación estaba caliente.

Y por ese miedo sus relaciones eran como eran. Pero todo se pagaba en la vida. No se había dado cuenta de la clase de hombre en que se había convertido hasta que ella se lo había dicho la noche anterior. No le quedaba más remedio que reconocer los sentimientos que habían crecido y madurado en él durante los últimos doce meses. Gina. Oh, Gina. No se había dado cuenta, hasta ahora, de lo importante que ella era para él.

Por supuesto, no podía negar estar loco de celos.

La tentación de entregarse a la autocompasión era fuerte y, durante unos momentos, se rindió a ella. Después, levantó la cabeza, acabó su copa de coñac y se puso en pie.

Bien, debía reconocer que había perdido a Gina y que tenía que seguir con su vida. Se llevaban bien y, en su opinión, creía que había una cierta atracción entre los dos; sin embargo, ella le había dejado muy claro que lo único que quería de él era amistad.

¿Qué pensaría Gina del mensaje que le había dejado en el contestador automático cuando lo oyera al día siguiente por la mañana? Gina entendería su implícito significado, por supuesto; pero al menos, de esa forma, le evitaría tener que repetirle que estaba enamorada de otro. No obstante, dejaba la puerta abierta para que ella acudiera a él en el futuro si, por fin, lograba olvidar a ese hombre.

Con súbita irritación, Harry sacudió la cabeza. No sabía qué hacer respecto a sus sentimientos. Había sido mucho más sencillo cuando tomaba lo que quería cuando quería.

Salió del cuarto de estar y se acercó al cuarto de lavar para echar un vistazo a las perritas antes de subir a acostarse. ¿Había decidido quedarse con ellos sólo para demostrarle a Gina que estaba dispuesto a asumir responsabilidades?

No.

La respuesta fue un alivio y se dio cuenta de que aquella pregunta le había estado rondando la cabeza todo el día. Los cachorros eran el comienzo de una nueva vida, tanto si Gina tomaba parte en ella como si no. Estaba harto de la vida que había llevado hasta ahora. Cierto que se había sentido libre y liberado de sufrimiento, celos, dudas y preocupaciones, pero le había dejado un amargo sabor de boca.

Estaba cansado de volver a casa del trabajo por las tardes y encontrarla vacía y silenciosa. Quizá todo ello había empezado cuando su padre sufrió el infarto, cuando se dio cuenta por primera vez de que sus padres eran mortales, de que algún día le dejarían. Desde luego, ni se había planteado quedarse en Estados Unidos cuando su padre le necesitaba tanto. Y entonces… había conocido a Gina.

En cualquier caso, una etapa de su vida se había cerrado.

Y ahora, lo que le había parecido algo aterrador, le parecía deseable. Los últimos doce meses le habían hecho cambiar paulatinamente, sin que él lo notara. Enamorarse de Gina no había sido algo instantáneo, sino progresivo. Era increíble. Gina era increíble. Y ahora se alejaba de su vida y él no podía hacer nada por evitarlo.

Harry cerró los ojos durante un momento; después, se dio media vuelta y se dirigió hacia las escaleras mientras se preguntaba qué iba a hacer con su vida sin ella.

Capítulo 10

EL sábado por la mañana, cuando Gina se despertó, seguía triste y estaba cansada. Se había pasado el día anterior limpiando, terminando de embalar sus cosas y cumpliendo con sus obligaciones. Estaba casi muerta de cansancio.

Fuera, su pequeño utilitario estaba a rebosar. Los nuevos inquilinos del piso iban a ir a las once de la mañana con el agente inmobiliario, que iba a examinar la casa.

Gina se sentó en la cama. Él no la había llamado. Pero… ¿por qué iba a hacerlo?

Por fin, se levantó, pensando que Harry ya se había olvidado completamente de ella. Pero así era Harry.

Cuando el teléfono sonó, Gina descolgó el auricular automáticamente. La única persona que podía llamarla a esas horas era su madre.

—Hola, mamá.

Gina se alegró de estar sentada. Aunque, desgraciadamente, no pudo pronunciar una sola palabra más de momento.

—¿Gina? Soy Harry. Ya sé que es muy temprano, pero como no sabía a qué hora te ibas…

«Contesta. Di algo. Grita. Cualquier cosa».

–Yo… no, todavía no. Quiero decir que… que todavía estoy en la cama.

–¿Te he despertado? Lo siento.

Gina no le sacó de su error. Prefería que pensara que su balbuceo se debía a que aún estaba medio dormida.

–No te preocupes. ¿Ocurre algo?

–No, nada. Escucha, creo que no te he dado las gracias como te mereces por todo lo que me has ayudado con los cachorros.

–Claro que me has dado las gracias –Gina se miró el reloj de oro, el que Harry y su padre le habían regalado. Había dormido con él puesto.

–No, yo creo que no. En fin, se me ha ocurrido que podíamos desayunar juntos. Es decir, si no tienes otros planes.

Qué extraño. Soltando el aire que había estado reteniendo en los pulmones, Gina cerró los ojos. Sería una locura verle aquella mañana; con ello, sólo lograría sufrir más. ¿Y para qué? Una hora en compañía de Harry, dos a lo sumo. Volvería a trastornarla. Lo único razonable era ponerle una excusa y decirle que no.

El silencio se prolongó.

–Gina, ¿estás ahí? –dijo Harry por fin.

–Sí –respondió ella con calma, a pesar de que gritaba por dentro. Se comportaba como una tonta en lo que a ese hombre se refería–. De acuerdo, desayunaremos juntos.

–Estupendo. Conozco un café muy bueno no lejos de tu casa.

Harry parecía realmente contento. Gina deseó poder verle la cara.

–¿A qué hora te vas a pasar por aquí?

Otro silencio antes de que él respondiera:

–La verdad es que estoy sentado en el coche delante de tu casa. He visto el amanecer.

Gina se quedó atónita.

–¿Por qué?

–No podía dormir.

¿Que Harry estaba ahí?

–Tengo que ducharme –logró decir ella.

–Está bien. No corras, no hay prisa. Tómate el tiempo que necesites.

–Tengo que entregar las llaves del piso a las once.

–Estaremos de vuelta para entonces, no te preocupes.

–¿Quieres subir y esperarme aquí? –preguntó ella con desgana, preguntándose si estaba destinada a que Harry la viera despeinada y sin maquillar.

Pero él debió notar su reluctancia.

–No, estoy bien aquí, escuchando la radio. ¿Sabías que va a hacer un día maravilloso? Fresco, pero soleado, según el informe meteorológico.

Iba a ser el día más hermoso del mundo porque ella iba a verle por otra vez, por última vez; y también el peor porque iba a tener que repetir la despedida. Sin embargo, Harry había pensado en ella y estaba allí.

–¿Cuándo tienes que volver a tu casa para cuidar de los cachorros?

–La señora Rothman se va a encargar de

ellos. Como yo he estado en casa estos dos últimos días, ella ha accedido a venir a casa todo el fin de semana.

–Está bien, enseguida bajo.

Después de una ducha rápida y con el cabello recogido en una cola de caballo, Gina se puso unos vaqueros y una camiseta. No eran sus mejores ropas para encontrarse con el hombre al que amaba, pero era un atuendo apropiado para un desayuno informal en un café.

Harry no estaba dentro del coche cuando salió de la casa, sino apoyado en él, mirando al río, de espaldas a ella. Gina se quedó momentáneamente sin respiración mientras contemplaba la imponente figura de cabellos de ébano enfundada en unos vaqueros y una chaqueta de cuero negro. Le amaba con locura.

Harry se volvió mientras ella avanzaba hacia él y la sonrisa que se dibujó en su hermoso rostro le calentó el dolorido corazón.

–Hola –dijo Harry con voz ronca–. Has tardado menos de lo que esperaba.

–Estupendo. ¿Adónde vamos exactamente? –preguntó ella cuando llegó hasta él.

–¿Exactamente? –Harry, en tono burlón, ladeó la cabeza–. A un infame café de camioneros que descubrí un día por casualidad a unos tres kilómetros de aquí. Está un poco apartado de la carretera, pero siempre está lleno. Todos los camioneros lo recomiendan y, al parecer, ésa es toda la publicidad que el café necesita.

–¿Infame? –preguntó ella dubitativa.

–Bueno, quizá no sea infame. Lo frecuenta gente... digamos que peculiar. Pero la comida es estupenda y está todo muy limpio. ¿De acuerdo? –la sonrisa de Harry se agrandó–. Vamos, Gina, no te preocupes, estás a salvo conmigo. Jamás dejaría que te ocurriera nada.

Gina estuvo a punto de contestarle, pero al final decidió callar. Fue por la forma como él la estaba mirando.

Entonces, Harry le abrió la puerta del coche y, al cabo de unos segundos, se encontró sentada al lado de él oliendo el aroma de la loción para después del afeitado. Y se estremeció.

–¿Tienes frío? –preguntó Harry, notando su temblor–. Pronto te calentarás.

Sí, no le cabía duda.

–Ha sido un bonito detalle invitarme a desayunar, Harry –dijo ella, enorgullecida del tono ligero que había logrado poner en su voz.

–Me alegra que lo digas –contestó Harry poniendo en marcha el coche al tiempo que se fijaba en el de ella–. ¿Estás segura de que tienes espacio para llevar todas tus cosas? No sé si así podrás conducir.

–Naturalmente que sí.

–Gina, se supone que el parabrisas posterior del coche tiene que estar despejado para que puedas ver por el cristal.

–Tengo que llevar mis cosas a Londres, ¿no?

–Bien, en ese caso, ¿por qué no dejas que te acompañe a Londres en mi coche? Podría llevarte algunas cosas.

–¿Tú? No, no, no es necesario –lo último que quería en el mundo era empezar una nueva vida con Harry detrás de ella–. Mucha gente me ha ofrecido ayuda, pero prefiero arreglármelas yo sola.

–¿Mucha gente?

–Sí. Mis padres, mis hermanas…

–Ya, entiendo –Harry pareció meditar lo que iba a decir–. ¿Te molesta que te haga una pregunta personal?

A Gina le dio un vuelco el corazón.

–No, no me molesta. Pregunta lo que quieras.

–Ese tipo con el que has estado saliendo… En fin, ¿este traslado a Londres significa una ruptura definitiva con él? Lo que quiero saber es si hay alguna posibilidad de que vuelvas con él si se le ocurre ir a Londres a suplicarte.

–No va a hacerlo –respondió ella débilmente.

–¿Pero si lo hiciera? –insistió Harry–. Escucha, lo que realmente quiero saber es si estás dispuesta a empezar de nuevo, a salir con otros hombres.

Gina agrandó los ojos y se humedeció los labios con la lengua. ¿Por qué Harry le producía siempre ese efecto?

–No lo sé.

De repente, Harry se salió de la carretera principal, tomó una secundaria y al momento aparcó en la cuneta. Sus ojos grises se habían oscurecido hasta parecer casi negros cuando se volvió a ella y, con voz ronca, le dijo:

–Gina, aunque no me creas ahora, te aseguro

que con él no se acaba todo. Podría demostrártelo.

Estaba como hipnotizada cuando Harry bajó la cabeza y, poniéndole un brazo sobre los hombros mientras con la otra mano le sujetaba la barbilla, la besó. Fue un beso profundo, prolongado y cálido, y ella sintió el deseo corriéndole por las venas. Con las manos en el pecho de Harry, el calor y el aroma de él la envolvieron.

Harry comenzó a besarle la mejilla, la sien, la punta de la nariz y, de nuevo, la boca. Ella abrió los labios y Harry la penetró con la lengua lanzando un gemido. El pasado y el presente se fundieron, estaban los dos solos en un mundo de tacto, sabor y olor.

Cuando Harry la soltó por fin, ella tardó unos momentos en poder moverse, todos sus esfuerzos concentrados en recuperar el sentido. Entonces, le vio pasarse una mano por el cabello antes de oírle decir:

—Me gustaría que saliéramos juntos, Gina. Podemos ir todo lo despacio que tú quieras, pero no niegues que hay algo entre los dos.

Gina lanzó un tembloroso suspiro. Tenía que pensar, tenía que asimilar lo que había ocurrido y el significado de esas palabras.

«Algo entre los dos». ¿Qué quería decir?

Pero sabía muy bien lo que Harry había querido decir. No eran los protagonistas de una película de amor en la que el personaje masculino, de repente, se da cuenta de que está enamorado de esa chica en la que antes no se había fijado.

No, la realidad era distinta. Que hubiera decidido hacerse cargo de cuatro cachorros no quería decir que estuviera dispuesto a tener una relación duradera, a entregar su corazón a una mujer durante el resto de su vida. No, Harry huía de las ataduras como de la peste.

—Harry, me marcho a Londres. No sería realista pensar que podemos salir juntos —esperaba que su voz no hubiera manifestado el temblor de su cuerpo.

—No veo por qué no. Londres no está precisamente en las antípodas.

—No, pero...

—¿Qué? —preguntó él con voz queda.

—¿Por qué ahora? Hace un año que nos conocemos y hasta ahora nunca... nunca me has pedido que salga contigo.

—Quizá porque no he querido mezclar el placer con el trabajo.

Placer.

—Lo siento, pero no te creo. Sé sincero, Harry. Tú nunca me te habías fijado en mí en ese sentido. Así deja que repita la pregunta. ¿Por qué ahora?

Harry sonrió, pero la sonrisa no le llegó a los ojos.

—Estás equivocada, Gina. Me había fijado en ti, «en ese sentido» como tú dices, desde el primer momento.

Gina no podía hablar, estaba atónita.

—Respecto a por qué no te había pedido que salieras conmigo hasta ahora... creo que quizá ese beso tenga algo que ver con ello –respondió Harry misteriosamente.

Gina, confusa, se lo quedó mirando.

–Perdona, pero no te comprendo.

–Sabía que si salíamos juntos… sería importante y yo todavía no estaba preparado para una relación así –respondió Harry con los ojos fijos en ella–. Pero ahora las circunstancias han cambiado. Yo he cambiado. Y al decirme que has terminado con ese otro hombre…

De repente, Gina se sintió como si acabaran de apuñalarla. Sí, acababa de comprenderlo. Harry creía que ella estaba enamorada de otro hombre y que ese hombre era la razón de que ella se marchara de Yorkshire. A Harry ella le gustaba, pero como él no quería complicaciones, por eso no le había dicho nada. Pero ahora era diferente. Ahora Harry podía tener una aventura amorosa con ella porque se iba a vivir a Londres y eso significaba que la relación sería menos intensa debido a la distancia; además, como se suponía que estaba enamorada de otro, él podía ir a Londres a acostarse con ella de vez en cuando pensando quizá que le estaba haciendo un favor a la pobre chica de pueblo sola en la ciudad.

Gina respiró profundamente.

–Dejemos las cosas claras. Lo que tú estás sugiriendo es que salgamos juntos a pesar de que yo viva en Londres, ¿no?

Harry asintió.

–Por la autopista se llega rápido.

–¿Y con cuánta frecuencia crees que nos veríamos?

–Eso dependería de ti –respondió Harry con voz queda–. Naturalmente, como quien no quiere estar aquí eres tú, yo iría a verte a Londres.

Qué generoso. De esa manera, él podría verla cuando le apeteciera. Y si, en el futuro, empezaba a agobiarle la relación, lo único que tenía que hacer era visitarla menos.

A Gina le dieron ganas de decirle a gritos que era el hombre menos sensible y más egoísta del planeta, que prefería morir a convertirse en su entretenimiento de fin de semana y que podía irse al infierno. Pero no estaba dispuesta a perder su dignidad, por lo que se volvió y le dijo fríamente:

–Lo siento, Harry, pero no funcionaría.

–No estoy de acuerdo.

–Perdona, pero a mí no me serviría.

–¿Es por culpa de ese hombre?

–En parte. Me temo no ser la clase de chica que se acuesta con un hombre mientras está pensando en otro.

Había pensado que aquel implícito insulto haría callar a Harry, pero la tenacidad de él no parecía tener límites.

–Nunca he pensado que lo fueras. Hasta dónde llegaría y cómo sería nuestra relación lo decidirías tú. Al contrario de lo que puedas pensar, soy capaz de invitar a cenar a una mujer sin acabar con ella en la cama.

«Créeme, no tendrías que esperar nada». Y ése era el problema.

–Supongo que, en el fondo, lo que me pasa es que no quiero que nada me recuerde a Yorkshire, Harry. Es así de sencillo. Necesito estar sola, que todo sea nuevo –Gina no pudo evitar un sollozo al acabar de pronunciar aquellas palabras.

–No era mi intención disgustarte, Gina –dijo Harry con voz ronca.

Gina sacudió la cabeza.

–No lo has hecho. Estoy bien.

–Me gustaría retorcerle el pescuezo –Harry alzó una mano y le acarició los labios, sus ojos llenos de una emoción que ella no logró descifrar–. Bueno, creo que necesitas comer algo. Y yo también.

Al instante, Harry se distanció de ella, puso en marcha el motor del coche y reanudó el trayecto.

No tardaron mucho en llegar a una construcción de madera algo destartalada y con mesas y sillas fuera.

–Ya te había dicho que no es un sitio elegante –dijo Harry sonriendo traviesamente.

–Creo que el calificativo que empleaste fue «infame».

–Ah, sí. Bueno, ven a ver qué te parece. No es necesario que desayunemos fuera, dentro hay sitio de sobra.

Cuando entraron, Gina vio inmediatamente que, aunque limpio, todo estaba muy viejo. Muchas de las mesas y las sillas parecían haber sido remendadas con trozos de maderos; el suelo estaba arañado y gastado; y las mesas no estaban vestidas con manteles de algodón, sino con hules.

Un hombre bajo, enjuto, con profundas arrugas en la cara y cabello gris saludó inmediatamente a Harry.

–¡Hola, Harry! Hoy estás de suerte, acabo de recibir unas morcillas estupendas.

Mientras Harry la conducía a una mesa en un rincón junto a una ventana, volvió la cabeza y contestó al hombre que le había saludado:

–Estupendo, Mick. ¿Podrías traernos un par de tazas de té mientras echamos un vistazo al menú?

–Marchando.

Gina se sentó y, disimuladamente, miró al resto de los clientes del establecimiento. Casi todas las mesas estaban ocupadas y, aunque vio a gente de aspecto corriente, muchos tenían un aspecto pintoresco. Había un hombre cubierto de tatuajes de la cabeza a los pies y una pareja de los Ángeles del Infierno junto a un grupo de personas vestidas de negro y rostros muy pálidos, estilo gótico. Más sorprendente aún resultaba un hombre con esmoquin al lado de una mujer llena de alhajas, ambos parecían dormidos.

Harry notó que estaba examinando a la clientela del lugar y comentó:

–Mike tiene una clientela muy variopinta.

Antes de que ella pudiera contestar, Mick se les acercó con una sonrisa enorme y dos tazas de té, que puso en la mesa al tiempo que la miraba.

–¿No nos vas a presentar, Harry?

–Mick, Gina. Gina, Mick.

Mick asintió.

–Encantado de conocerte, Gina.

Ella sonrió. Había algo en ese hombre que le gustó de inmediato.

–Lo mismo digo, Mick.

–Así que Harry te ha invitado a uno de mis desayunos «bonanza», ¿eh? –preguntó Mick animadamente–. Huevos, beicon, salchichas, judías, tomates, morcillas y champiñón con tostadas?

A Gina le pareció que la estaba poniendo a prueba.

–Sí, estupendo.

–Me gusta –dijo Mick, volviéndose a Harry–. Me alegro de que por fin hayas encontrado a una mujer de verdad.

Después, volviéndose de nuevo a Gina, añadió:

–Desde que vino aquí por primera vez, no he hecho más que insistirle en que se buscara una buena chica.

Ella parpadeó, pero el brillo travieso de los ojos de Mick la deshizo.

–¿Cómo sabes que soy una buena chica? –ella también sonrió–. A lo mejor a Harry le gusta otra clase de chicas.

Mick negó con la cabeza.

–No, no es tan tonto como parece.

–Cuando hayáis terminado de hablar de mí,

si no os importa... –interrumpió Harry burlonamente.

–Marchando dos «bonanzas» –Mick se alejó
con paso alegre.

Gina bebió un sorbo de té y luego, al alzar
los ojos, vio que Harry la estaba observando
con expresión muy seria.

–¿Qué? –preguntó ella nerviosa.

–¿Hay alguien a quien no sepas tratar?
–murmuró él en tono de aprobación.

Sintiéndose como si le hubieran hecho el
mayor halago de su vida, Gina respondió:

–Claro que no. Soy una mujer moderna, ¿no
lo sabías? Las mujeres modernas podemos en-
frentarnos a cualquier situación... al contrario
que los hombres.

Gina acababa de decidir que la mejor forma
de tratar con Harry, con Mick y con lo que había pasado y pudiera pasar aquella mañana era
tomándoselo todo con humor.

Harry sonrió y ella se derritió.

–Ya, las mujeres sois un milagro de la natu-
raleza.

–Por supuesto –pero, entonces, Gina no
pudo evitar hacer una pregunta respecto al comentario de Mick–. Harry, ¿qué ha querido decir Mick con eso de que por fin has encontrado
a una mujer de verdad? Desde que has vuelto a
Inglaterra has tenido varias novias.

Harry se encogió de hombros.

–Pero no las he traído aquí –Harry hizo una
pausa–. Y tampoco las he llevado a mi casa.

Gina se aseguró a sí misma que aquello no significaba nada. No obstante, bajando la mirada a su taza de té, comentó:

–A mí sí me has llevado a tu casa.

–Sí, lo he hecho.

–¿Porque somos amigos?

–No, no somos sólo amigos, Gina. Me gusta ser amigo tuyo; pero, al menos por mi parte, siento algo más por ti y no puedo evitarlo. Te deseo desde que te conocí.

–Físicamente –observó ella alzando los ojos para mirarle fijamente.

–Sí, no puedo evitar que me atraigas físicamente, soy un hombre. Pero… pero luego te fui conociendo.

Gina se llevó la taza de té a los labios mientras se decía que no debía perder la calma.

–Estoy muy confusa, Harry. Decías que no querías ataduras ni responsabilidades. ¿Por qué ahora es diferente?

–¿Quizá porque haya llegado el momento de cambiar? –sugirió él.

–Así que… ¿has empezado con los cachorros esperando alcanzar mayores compromisos? ¿Es algo así?

Harry sonrió, pero la sonrisa no le llegó a los ojos.

–No exactamente. La cuestión es…

–Dos «bonanzas» –ninguno de los dos había visto a Mick acercándose y a Gina le dieron ganas de dar una patada al alegre propietario del establecimiento.

Tan pronto como Mick volvió a dejarles a solas, ella dijo:

—Estabas diciendo…

Harry se la quedó mirando unos momentos.

—Déjalo, no tiene importancia. Tal y como están las cosas…

Gina abrió la boca para preguntarle qué quería decir, pero justo en ese momento Mick volvió a aparecer a su lado.

—¿Más té?

«Márchate», gritó Gina por dentro.

—No, gracias.

Harry negó con la cabeza.

Pero Mick no era una persona de gran percepción porque, al instante siguiente, agarró una silla y se sentó a la mesa, al lado de Harry.

—Oye, he decidido hacerte caso respecto a lo que me aconsejaste que hiciera con el negocio.

Harry asintió.

—Estupendo.

—Creo que es un buen momento. ¿Cómo crees que debo empezar?

Gina suspiró para sí. Fin de la íntima conversación. Ahora no le quedaba más remedio que intentar comerse ese enorme desayuno cuando lo que realmente quería era echarse a llorar.

Y decidió que Mick ya no le caía bien.

Capítulo 11

ERAN ya las diez y media cuando Harry detuvo el coche delante de la puerta de Gina.

–Estoy lleno –declaró Harry al tiempo que apagaba el motor del coche y estiraba las piernas tanto como le era posible–. Siempre que voy a desayunar al café de Mick me pasa lo mismo.

Gina asintió.

–¿Necesitas que te ayude en algo?

Ella sacudió la cabeza.

–No, no necesito nada, gracias.

Harry no pudo evitar inclinarse hacia ella y rozarle los labios con los suyos.

–Siento que las cosas hayan acabado así.

–¿Así? –preguntó ella confusa.

–Sí, tú teniéndote que marchar por culpa de ese tipo.

Harry había decidido no pedirle otra vez la dirección de su piso de Londres. Si quería dársela, bien; si no…

Gina salió del coche y él hizo lo mismo.

–En fin, supongo que ya tenemos que despedirnos, ¿no?

–Sí, tenemos que despedirnos.

Harry titubeó un momento.

–Quizá sea egoísta por mi parte, pero no me gustaría perder el contacto con la única mujer que conozco con la que puedo hablar. Lo digo en serio, Gina –Harry le puso una mano en la barbilla y la miró con intensidad–. Ya sé que quieres cortar con todo esto, pero será mejor que te enfrentes a los hechos. Tus padres, tus hermanas y tus amigos están aquí; de vez en cuando irán a visitarte y tú vendrás a verlos. Insisto en que me incluyas en tu lista, ¿de acuerdo?

Gina dio un paso atrás y él bajó la mano.

–Ya te lo he dicho, Harry, no creo que sea buena idea.

–Y yo te he dicho que no estoy de acuerdo –Harry alzó una mano–. Está bien, reconozco que me he excedido respecto a lo que te he sugerido antes, pero no hay nada que impida que seamos siendo amigos.

–No aceptas un no como respuesta, ¿eh?

–Sí, lo sé. Me pasa desde que era pequeño.

–¿No se te ha ocurrido pensar nunca que yo puedo ser igual de obstinada que tú? –preguntó ella con voz queda.

–Sí, claro que sí. Pero también sé que tienes sentido común –dijo Harry en un tono tan ligero como pudo–. ¿Qué tiene de malo que, de vez en cuando, cenemos o vayamos al cine juntos?

La sonrisa que vio en los labios de Gina le pareció irónica.

–Así que una mujer con sentido común, ¿eh? –dijo ella con un súbito temblor en la voz–. Las mujeres con sentido común no dejan que hombres egoístas les hagan daño.

Otra vez ese hombre, pensó Harry.

–¿Lo ves? Tienes sentido común. Has salido con ese hombre, él no ha valorado como se merece lo que podías ofrecerle y tú te vas. Me parece perfectamente lógico.

Harry la vio tragar saliva antes de responder.

–Harry, me parece que voy a tener que decirte una cosa.

Él empequeñeció los ojos. Fuera lo que fuese lo que Gina iba a decir, sabía que no iba a gustarle. Lo presentía. Se metió las manos en los bolsillos porque, de no hacerlo, iba a abrazarla.

–Adelante, soy todo oídos.

–Lo que te he dicho respecto a por qué me voy a Londres es verdad, pero… –comenzó a decir Gina, pero se detuvo cuando alguien a sus espaldas la llamó–. Harry, es el de la agencia inmobiliaria con los nuevos inquilinos. Tengo que marcharme.

–Espera –Harry le agarró el brazo–. No te vayas todavía. ¿Qué ibas a decir?

–Da igual, no tiene importancia.

–Gina…

–Por favor, Harry, vete. Tengo cosas que hacer –dijo ella en tono cortante.

–Está bien –respondió él súbitamente encolerizado–. Adiós, Gina.

–Adiós.

Y sin más palabras, Gina se dio media vuelta, se reunió con el agente inmobiliario y con los nuevos inquilinos, y entró en la casa.

Harry se quedó inmóvil durante unos minutos, sintiéndose como si tuviera los pies pegados al pavimento. Pero el problema no eran los pies, sino su corazón. No sabía cómo, pero iba a tener que hacerse a la idea de no volver a verla nunca.

Respiró profundamente con intención de calmarse.

Y ahora, ¿qué?

Harry se metió en el coche y se alejó de allí. No podía volver a vivir de la forma que había vivido antes de conocer a Gina; sobre todo, después de reconocer lo que Gina significaba para él.

Furioso, dio un golpe al volante. ¿Por qué Gina estaba tan obsesionada con ese hombre?

Se sentía como si le hubieran estrujado el corazón. No quería sentirse así, ahogado en su tristeza. Eso era justo lo que había intentado evitar durante años, encontrarse en una situación así. Quizá fuera una suerte que Gina estuviera enamorada de otro si así era como le hacía sentir. Le tenía en el bolsillo.

Y no sabía cómo iba a lograr pasar el resto de la vida sin ella.

Capítulo 12

GINA, no me gusta insistir, pero es viernes por la noche y estás en la capital. Dime, ¿qué tengo que hacer para convencerte de que vengas a la fiesta?

Gina sonrió a la alta y delgada chica sentada con las piernas cruzadas en la cama. Candy era una atractiva morena cuya leve y elegante apariencia física enmascaraba el hecho de ser una joven sumamente inteligente que ocupaba un puesto de responsabilidad en un banco. Además era encantadora, como ella había podido comprobar al cabo de las primeras veinticuatro horas que había pasado en Londres, cuando se había derrumbado completamente debido a encontrarse embargada por una profunda tristeza.

Aunque en Yorkshire había logrado ocultar el amor que sentía por Harry a todo el mundo, el primer domingo en Londres le contó todo a Candy. Y Candy no podía haberse portado mejor con ella, ofreciéndole todo su apoyo y llamando a Harry de todo. Desde entonces, Candy se había propuesto animarla y divertirla, a pesar de que ella se había resistido hasta el momento.

–Escucha –Candy se inclinó hacia delante, mirándola fijamente con sus ojos castaños–, llevas en Londres más de dos meses, es una maravillosa tarde de junio y me niego a que te quedes encerrada en casa. Y no me digas que vas a salir a darte uno de tus interminables paseos porque no es a esa clase de salida a la que me refiero.

Gina sonrió.

–Ya. Quieres que salga a uno de esos clubs llenos de gente, ¿verdad?

Candy alzó los ojos al techo.

–A un club nocturno lleno de hombres guapos que estás esperando a que tú aparezcas.

–Sí, claro –Gina no pudo evitar echarse a reír–. Lo siento, pero no, Candy.

–Tienes que probar. Además van a venir también Kath, Linda, Nikki, Lucy y Samantha. Aunque alguna de nosotras consiga ligar, siempre quedará alguna para volver a casa en el taxi. No sirve de nada pasarse el tiempo en casa lloriqueando.

–Yo no lloriqueo y lo sabes muy bien –dijo Gina con firmeza–. Lo siento, Candy, pero a mí no me gusta el ambiente de los clubs.

–¿Cómo lo sabes si no has ido nunca a ninguno? –protestó Candy.

–Además, no quiero conocer a nadie por el momento.

–En ese caso, dedica el tiempo a pasártelo bien con las chicas –insistió Candy–. Primero vamos a ir a cenar y luego vamos a ir a Blades o a Edition. Las conoces a todas, te caen bien y tú a ellas también. Suéltate el pelo aunque sólo sea por una vez. Baila y libérate. Coquetea. En fin, ya sabes.

No, no lo sabía, pero la sonrisa de Candy era contagiosa.

–No te vas a dar por satisfecha hasta que no acabe levantándome ojerosa y con resaca el sábado por la mañana, ¿verdad? –dijo Gina con resignación.

–¿Significa eso que sí? –gritó Candy encantada–. Estupendo. Enseguida podemos empezar a ver qué nos vamos a poner, echo de menos hacer eso desde que Jennie decidió abandonar la buena vida y casarse.

Jennie, la antigua compañera de piso de Candy, se había casado, para disgusto de ésta. Después de que su madre la criara sola debido a que su padre las había abandonado cuando ella tenía cinco años, Candy había decidido no casarse jamás.

Gina no se había dado cuenta de la cantidad de peso que había perdido hasta que no empezó a probarse ropa para salir aquella noche. Y no se debía a que estuviera haciendo dieta, sino a las muchas horas de trabajo y a las tardes que pasaba dándose paseos por el barrio hasta acabar agotada de cansancio.

Siempre había querido estar más delgada; pero ahora que lo había conseguido, no estaba segura de gustarse más que antes. Quizá lo que no le gustaba era su expresión sombría y las permanentes ojeras bajo sus ojos. Fuera lo que fuese, descubrió que ya no le gustaba cómo le sentaban sus dos vestidos preferidos.

Delante del espejo de su habitación, Gina sorprendió a Candy mirándola. El vestido de tul sin mangas era perfectamente apropiado para salir de noche, pero le colgaba sin gracia.

—Espera un momento —le dijo Candy, y desapareció al instante.

Unos segundos más tarde, su compañera de piso volvió con un precioso cinturón de cuerpo negro que se había comprado el fin de semana anterior.

—Toma —le dijo Candy dándole el cinturón—. Creo que te va a quedar precioso con ese vestido. Debía estar pensando en ti cuando lo compré.

—Todavía no lo has estrenado…

—Vamos, no digas tonterías y póntelo. Lo que yo daría por tener un busto como el tuyo —comentó Candy, suspirando de envidia sana—. No creo a los hombres que dicen que lo que a ellos les gustan son las piernas, les encantan las mujeres con pecho.

—A algunos no les gustan lo suficiente —comentó Gina con pesar.

Sus miradas se encontraron en el espejo e, inmediatamente, Candy hizo una mueca.

—Te prohíbo terminantemente que pienses en él esta noche, Gina. ¿De acuerdo?

—De acuerdo.

Gina se preguntó, no por primera vez, cómo

habría podido sobrevivir las últimas nueve semanas sin su compañera de piso. La desolación que sentía por la ausencia de Harry y la considerable tensión del nuevo trabajo en un ambiente al que no estaba acostumbrada había sido difícil, pero Candy la había apoyado en todo momento.

Su compañera de piso era una de esas personas maravillosas y generosas que tan difíciles eran de encontrar.

Gina sonrió a su amiga y dijo:

–Te gustaría Harry si le conocieras, Candy. Tiene una virtud que tú valoras sobremanera: es absolutamente sincero con las mujeres.

Candy lanzó un bufido.

–En ese caso, debe ser uno entre un millón.

–Sí, así es. Pero hablando en serio, Candy, no todos los hombres son como tu padre.

–Lo sé. Siempre hay alguna excepción a la regla, Gina, pero todos piensan con lo que llevan dentro de los pantalones, no con la cabeza. Y no me mires así porque es verdad. Los hombres son otra especie. Y hay que jugar a lo que ellos juegan y ganarles en su propio terreno: toma lo que quieras cuando quieras y no te impliques emocionalmente. Es la única forma de no perder la integridad.

–Te pareces más a Harry que el mismo Harry.

–En ese caso, quizá nos lleváramos bien –Candy sonrió traviesamente–. Pero tú eres demasiado buena para un hombre así. Y ahora dime, ¿qué zapatos te vas a poner con ese vestido? Por supuesto, de tacón alto. A ver qué tenemos por aquí…

Gina se agachó y, tras rebuscar en la parte de abajo del armario, sacó un par de zapatos.

–¿Te parecen bien?

–Perfectos –Candy examinó los zapatos escotados de alto tacón con un lazo del mismo color que el vestido.

–No están mal para ser de una chica de pueblo, ¿eh?

–No, nada mal –dijo Candy mirándola de arriba abajo–. Te aseguro que cuando entres por la puerta del club esta noche más de uno se va a desmayar.

Gina sonrió, pero no pudo evitar que su sonrisa fuera triste. No podía evitar pensar en Harry.

Como si le hubiera adivinado el pensamiento, Candy adoptó una expresión de reproche.

–Para en este momento. Ya te lo he advertido, esta noche nada de Harry. Voy a servir un par de copas de vino para tomárnoslas mientras nos peinamos a lo loco, tengo un spray color rosa maravilloso que se quita con un simple lavado.

Gina se la quedó mirando con horror.

–¿Rosa? ¿Con mi color de pelo? No, Candy, no.

–Está bien, quizá no sea para ti. Pero tengo unas plumas que te quedarían muy bien.

Gina asintió con resignación.

–Está bien, si insistes…

–Buena chica.

A pesar de sus dudas, cuando estaban listas para salir, Gina tuvo que admitir que tenía muy buen aspecto, gracias a Candy. No parecía ella misma, ni se sentía ella misma, pero ahí estaba la gracia, según Candy. Por supuesto, con su vestido azul y los mechones color rosa en el pelo, Candy proyectaba una imagen completamente distinta a la que presentaba cuando iba a trabajar al banco.

–Me encanta disfrazarme –dijo Candy contenta mientras apuraba su copa de vino–. Si quieres que te sea sincera, creo que jamás me haré mayor. Es por eso por lo que soy la última persona en el mundo que tendría hijos.

–No necesariamente –dijo Gina racionalmente–. Ser infantil en ciertos aspectos puede significar que te entenderías mejor con los niños.

Esa vez, el bufido estaba cargado de ironía.

–No me gustan los niños –declaró Candy firmemente–. Son demasiado exigentes, hay que dedicarles demasiado tiempo y son sucios. Una no puede hacer lo que se le antoje cuando tiene un hijo, y con un marido además… Y eso de estar embarazada durante nueve meses debe ser horrible. Mi madre está muy guapa en las fotos de antes de tener hijos, pero ahora parece diez años mayor de lo que es.

–No tiene por qué ser así.

Candy la miró mientras agarraba su chaqueta de algodón.

–¿En serio te gustaría perder tu libertad durante los veinte años que cuesta que se independice el hijo que tengas con cualquier hombre?

–No con cualquier hombre.

–Ah, ya, otra vez Harry, ¿verdad?

Gina se sonrojó.

–Me lo has preguntado y yo te he contestado. No se me ocurre nada mejor en el mundo que estar con él y tener hijos con él. Lo siento, pero yo soy así.

–En ese caso, ¿por qué no aceptaste lo que te ofreció y, digamos que de forma accidental, te quedaste embarazada? Así habrías conseguido estar con él.

–Yo no puedo hacer eso, Candy –contestó Gina escandalizada.

Candy se la quedó mirando un momento.

–No, ya sé que no –dijo Candy con voz suave–. Pero sabes una cosa, ese Harry tuyo es un imbécil.

Gina forzó una sonrisa.

–En eso estoy de acuerdo contigo –respondió Gina en tono ligero al tiempo que dejaba su copa de vino en la mesa–. Venga, vamos. Estoy muerta de hambre.

Las dos salieron del piso en la segunda planta de la casa victoriana con sus tacones repiqueteando por las escaleras. Nada más abrir la puerta de la calle, Candy dio un paso atrás y piso a Gina sin querer. El jadeo de sorpresa de Candy y el grito de dolor de Gina se mezclaron antes de que una profunda voz de hombre dijera:

–Perdona si te he asustado. Iba a llamar al timbre.

Los labios de Gina pronunciaron su nombre, pero ningún sonido salió de su garganta. Candy la miró rápidamente y luego volvió a clavar los ojos en el alto y moreno hombre que tenía delante. Entonces, en tono seco, dijo fríamente:

–Debes ser Harry Breedon. ¿Me equivoco?

Harry no disimuló su sorpresa.

–Sí. ¿Cómo lo sabes?

–¿Qué? Debes estar bromeando.

Harry arrugó el ceño, pero volvió a mirar a Gina y dijo con voz queda:

–¿Cómo estás?

–Está bien –respondió Candy, a quien sólo le faltaba ladrar–. ¿Qué más quieres preguntar?

Gina sabía que tenía que decir algo con el fin de evitar un posible desastre dado el genio de Candy, pero seguía sin poder hablar. De hecho, de no ser por la pared en la que se había apoyado, se habría caído al suelo.

Pero le asustaba que Candy pudiera decir algo que no debía; sobre todo, después de la enorme copa de vino que se había tomado.

Harry miraba a Candy de nuevo; esta vez, con hielo en sus ojos grises.

–Perdona, pero no recuerdo que nos hayamos visto.

Sin embargo, Candy no se dejó intimidar.

Por fin, Gina recuperó la capacidad de hablar.

–Por favor, Candy, déjalo –entonces, se volvió a Harry–. ¿Qué estás haciendo aquí?

Los ojos de él se empequeñecieron.

–Pasaba por aquí y se me ha ocurrido venir a ver cómo estabas.

Candy bufó al preguntar:

–¿Ese «ver cómo estabas» significa un polvo rápido o significa un «lo siento, perdona por haberlo estropeado todo»?

Gina cerró los ojos. El silencio fue intenso. Entonces, Harry estalló.

–¡Qué! No sé quién eres, pero sí sé que no sabes lo que dices.

Candy se plantó las manos en las caderas, pero antes de poder intervenir, Gina se le adelantó:

–Eso es, no sabe lo que dice –dijo Gina a Harry desesperadamente–. Pero tenemos que marcharnos. Ya vamos con retraso…

–No, de ninguna manera –dijo Harry, para horror de Gina–. No estoy dispuesto a marcharme de aquí hasta no enterarme de qué demonios pasa. Y tú… –la fría mirada de Harry se clavó en el indignado semblante de Candy–. No sé qué demonios estás pensando, pero Gina y yo somos amigos.

Candy se volvió a Gina. Al ver la expresión del rostro de ésta, se desinfló de repente.

–Lo siento, no era mi intención… Pero deberías decir algo, lo sabes. No puedes continuar así.

–Candy, por favor –le rogó Gina con angustia.

–Perdonad, pero no entiendo nada –replicó Harry fríamente, mirando a una y luego a la otra–. Y como no entiendo nada, pero como tampoco quiero que lleguéis tarde por mi culpa a dondequiera que vais, estoy dispuesto a acompañaros en un taxi, andando por la calle o como sea, pero no voy a dejaros hasta que no se me dé una explicación. Y una disculpa.

–¿Una disculpa? –Candy volvió a la carga–. Ni loca.

–Pensándolo bien, es posible que lo estés –comentó Harry en tono ligero.

–Escucha, sinvergüenza…

–Eh, parad –dijo Gina con súbita decisión, y tanto Harry como Candy se callaron–. Harry, vamos a subir a hablar. Tú vete, Candy. Diles a las otras que lo siento.

–No estoy dispuesta a dejarte a solas con él.

–¡Por el amor de Dios! –Harry parecía a punto de estallar–. ¿Pero qué demonios crees que voy a hacerle?

–No me voy –ignorando a Harry, Candy miró a Gina con los labios apretados–. No me voy a marchar hasta no estar completamente segura de que estás bien.

–Estoy bien, no me va a pasar nada.

–Repito que no me voy.

Por fin, también irritada, Gina suspiró y dijo en tono seco:

–En ese caso, será mejor que subamos, los tres –y se dio media vuelta antes de que los otros dos pudieran reaccionar.

Mientras subía delante de ellos, Gina deseó no llevar esos tacones que le hacían balancear las caderas provocativamente. Había notado la forma como la había mirado Harry nada más verla. Su expresión había mostrado perplejidad. ¿Acaso pensaba que se había vestido así para llamar la atención de los hombres? ¿Que esos dos meses en la ciudad la habían convertido en una buscona?

«Que piense lo que quiera», se dijo a sí misma. Pero no era verdad, le importaba y mucho lo que Harry pensara de ella.

Gina abrió la puerta del piso con dedos temblorosos y se dirigió al cuarto de estar. Allí, se volvió hacia Harry. Candy pasó por su lado y se sentó en el sofá, pero Harry seguía de pie junto a la puerta.

–¿Te apetece beber algo? –le preguntó ella haciendo gala de un extraordinario autocontrol; sobre todo, consciente de que al cabo de unos minutos iba a humillarse a sí misma.

Porque Candy había tenido razón al decirle abajo, en la puerta, que tenía que confesarle a Harry lo que sentía por él con el fin de que, por fin, la dejara en paz. Y eso era lo que Harry iba a hacer, salir corriendo de allí a toda prisa una vez que se enterara de lo que ella sentía por él.

¿Era por eso por lo que no le había dicho nada, por lo que no se había atrevido a hacerlo?

–No quiero beber nada, Gina –contestó Harry fríamente–. Lo único que quiero es una explicación. Quiero saber por qué mi nombre, de repente, es sinónimo de Marqués de Sade.

Gina respiró profundamente. El momento de la verdad.

–Candy no tiene la culpa –declaró Gina con voz temblorosa–. El comportamiento de Candy responde a lo que yo le he contado.

La mandíbula de él se tensó.

–¿Y qué es lo que le has contado?

Gina titubeó. «Cobarde», se gritó a sí misma en silencio. «Díselo. Díselo».

Harry entró en la estancia y luego se detuvo. La ira había hecho palidecer sus labios.

–¿Qué demonios quieres de mí, Gina? Cuando me apartaste de ti, me aparté. No creo que sea un crimen haber venido esta noche a ver cómo estás.

–No, no es un crimen.

–Entonces, ¿qué he hecho yo que sea tan terrible como para que tu amiga por poco no me estrangule al verme? Por supuesto, si yo hubiera sido ese cretino que te ha hecho sufrir…

Harry se interrumpió. Sin saber si se debía a que Candy se movió en ese momento o a su propia expresión de perplejidad, Gina vio incredulidad en el hermoso rostro de Harry. Deseando que se la tragara la tierra, hizo un esfuerzo por mantener la espalda derecha. Ya habría momentos más que de sobra para derrumbarse. Ahora, lo importante era enfrentarse a la situación con la cabeza bien alta. Porque Harry acababa de darse cuenta.

–No quería que lo supieras –dijo Gina con voz sobria–. Era mejor que no lo supieras.

Gina se dio cuenta de que él luchaba por asimilar lo que acababa de descubrir.

–No puedo creerlo –dijo él sacudiendo la cabeza–. ¿Por qué… por qué no me lo dijiste? ¿Estás diciéndome que yo…?

Harry se interrumpió, aún incapaz de creer lo que sabía que pasaba.

Gina sintió que tenía ganas de morir al contestar:

–Sí, Harry, tú eres el hombre al que amo. No hay nadie más que tú, eres tú. Supongo que soy una mujer conservadora. Para mí, o todo o nada.

Harry se la quedó mirando durante unos momentos interminables. Entonces, con incredulidad, vio en el rostro de Harry la más hermosa de las sonrisas. Al instante, él recorrió la distancia que los separaba y ninguno de los dos oyó la exclamación de Candy.

–¡Vaya!

–¿Por qué no me lo dijiste? –Harry la estrechó en sus brazos con tanta fuerza como para hacerla tambalearse–. ¿Por qué has hecho que hayamos tenido que pasar por este tormento?

Durante unos segundos, Gina creyó que no había oído bien. Echándose hacia atrás, le miró fijamente a los ojos.

–Harry, tú no quieres que nadie se enamore de ti.

–Nadie es una cosa, tú eres otra muy distinta.

–No. Dijiste que no querías comprometerte

con nadie, que no querías involucrarte emocionalmente. Y yo... conmigo es para siempre,
Harry. Y tú dijiste que...

–He dicho demasiadas tonterías, eso es todo.

Estaba en los brazos de Harry y él la miraba
como en sus sueños, pero aún no se atrevía a
creerlo.

–No –insistió Gina–. Has tenido muchas novias y no me veías... de esa manera hasta que
no te dije que me marchaba. No puedo cambiar,
Harry.

–No quiero que cambies, Gina. Quiero que
seas como eres –un suave suspiro le hizo tem-
blar y ella, en sus brazos, lo sintió–. No sopor-
taba estar sin ti, Gina. Me estaba volviendo
loco. El día que te marchaste me prometí a mí
mismo no presionarte más, pero fue horrible.
No podía dormir, no podía comer... Te amo,
Gina. Y si quieres que te sea sincero, lo que
siento por ti me asusta un poco. Sin embargo,
me asusta mucho más la idea de pasar otro segundo sin ti.

Ninguno de los dos se había dado cuenta de
que Candy se había marchado y había cerrado
la puerta del piso suavemente.

–Candy se ha ido –dijo Gina mirándole a los
ojos–. Supongo que ya no voy a salir esta noche.

–No vas a ir a ningún sitio a no ser que salgas conmigo.

–Pero tú no me dijiste que me querías –dijo
ella en tono de lamentación–. Dejaste que me
fuera.

–Gina, creía que estabas locamente enamorada de otro, ¿cómo iba a decirte que estaba enamorado de ti? Lógicamente, pensaba que si te lo decía, sería razón de más para que te marcharas… amor mío.

–Amor mío –repitió Gina, casi sin creer esos momentos que estaba viviendo.

Harry ocultó el rostro en la nuca de ella durante unos segundos.

–Por siempre jamás –dijo él con voz espesa–, hasta que la muerte nos separe. Me di cuenta de ello cuando te fuiste. Y si me rechazas, viviré eternamente solo, a excepción de la compañía que me proporcionan cuatro cachorros que están creciendo a pasos agigantados y que están pasando el fin de semana con mis padres.

Gina, rodeándole el cuello, se apretó contra él. ¿Si le rechazaba? ¿Acaso no sabía que era tan importante para ella como el aire que respiraba?

–¿Cómo están las perritas? –preguntó Gina casi mareada.

–Te echan de menos –Harry bajó la cabeza y la besó con pasión.

Fue un beso prolongado y profundo. Y cuando Harry, por fin, alzó la cabeza, dijo con urgencia:

–Cásate conmigo pronto. Es decir, cuanto antes.

Gina intentó ignorar la sensación que las caricias de Harry en su espalda le estaban produciendo.

–Harry, ¿estás seguro?

–¿De que sea pronto? Completamente.

–No, de que quieres casarte conmigo. Después de lo que te pasó con Anna.

Harry ni siquiera pestañeó.

–Si hay algo de lo que he estado seguro en la vida es de que quiero casarme contigo –Harry le cubrió la boca con otro beso que la dejó mareada de verdad–. Quiero que seas mi esposa. Quiero que seas la madre de mis hijos. Pero, sobre todo, quiero hacerte el amor todos los días durante el resto de la vida. Todos los días y todas las noches.

Gina sonrió consumida por un profundo deseo.

–No me parece mala idea.

De repente, con miedo de que aquello sólo fuera un sueño, Gina se apretó contra él y le besó con una intensidad que a Harry le llegó hasta lo más profundo de su ser.

Gina deslizó las manos por debajo de la camisa de Harry y, con frenesí, le acarició la espalda y el pecho, deleitándose en la calidez y fuerza de su viril cuerpo.

–Creía que no iba a volver a verte –dijo ella, medio sollozando junto a la boca de Harry–. Creía que sólo querías tener una aventura pasajera conmigo, como con las otras.

–Ellas no significaban nada para mí, Gina –Harry alzó la cabeza y la miró a los ojos–. Nada. ¿Te parece repugnante?

Nada que Harry hubiera hecho o pudiera hacer le resultaba repugnante. Y negó con la cabeza.

–Al mirar atrás, reconozco que no me enorgullezco de los últimos diez años de mi vida, pero no puedo cambiar nada. Lo único que puedo hacer es demostrarte que, de ahora en adelante, tú eres la única mujer en mi vida. Aunque, en el fondo, lo sé desde hace un año. Lo que pasa es que no quería reconocerlo.

Gina pensó en todas las noches que se había dormido llorando, en la soledad y la desesperación que había sentido. Pero ya no importaba.

–Te amo, Gina. Te amo con todo mi corazón –susurró Harry acariciándole la espalda–. Y vamos a hacer las cosas bien. Quiero que nuestra noche de bodas sea especial. ¿Entiendes lo que quiero decir?

Gina asintió.

–Pero como no soy de piedra… Gina, te deseo con locura, no aguanto más. ¿Cuándo crees que podríamos casarnos?

–Cuando queramos –Gina apartó las manos del pecho de Harry y le acarició el rostro–. Mis dos hermanas celebraron sus bodas por todo lo alto, pero yo no soporto ese tipo de bodas. Me conformo con que vengan sólo nuestros padres.

Gina sonrió y añadió:

–Un vestido blanco para mí y un traje claro para ti con un clavel en la solapa. Y solos los dos y nuestros testigos.

Harry la miró con amor.

–Eres una mujer increíble.

–Te ha costado reconocerlo, ¿eh?

Los dos se echaron a reír antes de que Harry la tomara en sus brazos y la llevara al pequeño sofá. Allí se la sentó encima y la besó una vez más. Ella le besó con todo su corazón y de nuevo fue Harry quien echó el freno, sus labios abandonando su boca para depositar pequeños besos en su mejilla.

Gina le acarició el negro cabello.

–¿Cómo te enteraste de dónde vivía? –le preguntó ella.

–Hablé con tu madre y le mentí.

–¿Qué?

–La llamé por teléfono y le dije que tenía que enviarte unos papeles de la empresa que necesitabas entregar en tu nuevo trabajo. Por suerte, tu madre no me preguntó qué papeles eran esos –Harry hizo una pausa–. Es evidente que no le hablaste de mí a tu madre porque estuvo muy simpática conmigo. Supongo que de haber sabido que su hija se había marchado por mí habría estado… digamos que menos educada.

–No le dije a nadie nada de ti, a excepción de Candy –admitió Gina tímidamente–. Candy es encantadora, de verdad.

Harry alzó las cejas, pero no hizo ningún comentario al respecto. Lo que dijo fue:

–¿Estás libre mañana para ir a comprar el anillo de compromiso? Compraremos también las alianzas.

Gina quería estar completamente segura, por lo que preguntó:

–¿No prefieres esperar un mes o dos… por si cambias de opinión?

–Dentro de un mes o dos espero que estés embarazada –respondió él con voz queda, acariciándole el vientre.

Sorprendida, Gina lo miró a los ojos y sus dudas se disiparon al instante.

–Te quiero, Gina. Te querré siempre. Quiero tener hijos y nietos. Lo quiero todo. Y perros y gatos y rosas junto a la puerta y… a ti en mis brazos todas las noches durante el resto de nuestras vidas.

Gina tragó saliva, ordenándose a sí misma no llorar. Sin embargo, no pudo evitar que se le escapara una lágrima.

–No sabes lo mal que lo he pasado sin ti.

–Y yo sin ti.

–Lo sé –Gina le acarició la mejilla.

–¿Podríamos pasar la noche juntos así? –preguntó Harry con voz queda–. No puedo soportar la idea de no tenerte en mis brazos.

Gina asintió.

–¿Podría cambiarme de ropa? –Gina quería quitarse el maquillaje, peinarse como siempre y quitarse ese vestido. Quería volver a sentirse ella misma.

Harry sonrió.

–Pero date prisa.

Gina se dio prisa. Se puso un pijama de seda y una bata antes de volver con él.

Charlaron, se besaron y pasaron la noche abrazados. Cuando Candy regresó de madrugada, los encontró en el sofá, abrazados. Se quedó a la entrada del cuarto de estar, sonriendo traviesamente mientras contemplaba el sonriente rostro de Gina.

–Supongo que debo felicitarte, ¿no?

Gina asintió.

–Hoy vamos a ir a comprar el anillo de compromiso.

–Vaya, qué rapidez.

Harry sonrió.

–Y tú será mejor que empieces a buscarte otra compañera de piso porque el sábado que viene Gina será la señora Breedon.

–No hay problema.

–Por supuesto, te pagaré el alquiler y todos los gastos hasta que encuentres a alguien.

–No es necesario.

–Claro que lo es –insistió Harry–. Además, sin ti, creo que podríamos haber seguido en el limbo durante meses.

–¿Sólo meses? –preguntó Candy ladeando la cabeza.

Harry se encogió de hombros.

–Yo jamás me doy por vencido.

Candy se lo quedó mirando unos segundos.

–No, ya lo veo. A pesar de que hemos tenido un mal comienzo, creo que vas a acabar cayéndome bien, Harry.

–Lo mismo digo.

Se casaron a los diez días, fue una boda íntima, sólo la familia. Harry había prometido dar una fiesta para sus amigos cuando volvieran del viaje de luna de miel.

Gina estaba preciosa con su vestido blanco de seda y Harry presentaba una imagen deslumbrante con un traje gris, chaleco y corbata de seda.

Todos disfrutaron del almuerzo que la señora Rothman les había preparado en la casa de Harry, y Gina creía que jamás se había sentido tan feliz.

Los padres de Harry iban a quedarse con las perritas hasta que volvieran de su luna de miel en Italia y, por fin, cuando todos se hubieron marchado, Gina y Harry se quedaron a solas en su casa. Ella se había negado a pasar la noche de bodas en un hotel.

Desde que el momento en que Harry le pidió que se casara con él, había soñado con despertarse en sus brazos después de hacer el amor toda la noche en su casa y con el sol filtrándose por los cristales de la ventana y los pájaros cantando en el jardín.

Y eso fue lo que pasó.

Cuando Gina abrió los ojos, Harry aún estaba dormido, con un brazo sobre su vientre. Ella permaneció quieta, deleitándose en la contemplación de aquel hermoso rostro.

Ese hombre era su marido.

Y su noche de bodas… Gina cerró los ojos y un cosquilleo le recorrió el cuerpo.

Al principio, le había dado vergüenza admitir que era la primera vez que se acostaba con un hombre, pero Harry lo había considerado un regalo, un precioso regalo, y se lo había hecho saber. Después, había emprendido la tarea de demostrarle lo que se había estado perdiendo hasta ese momento.

Y Harry pasó horas demostrándole lo mucho que la quería, con ternura y con paciencia, haciéndola experimentar el éxtasis repetidamente antes de poseerla. Y entonces un mundo de exquisito placer se había abierto ante ella.

Gina sentía el cuerpo vivo y palpitante. Y ocurriera lo que ocurriese en el futuro, se enfrentarían a ello juntos.

Era una mujer muy afortunada. Mucho.

–Buenos días, señora Breedon.

La ronca voz de Harry la sacó de su ensimismamiento. Al mirarle, vio que sonreía y ella le devolvió la sonrisa.

–Buenos días, señor Breedon.

–¿Te das cuenta de que vamos a poder decir lo mismo durante el resto de la vida? –dijo él.

–Sí, me doy cuenta –respondió Gina con ojos llenos de amor–. Y vamos a poder hacer el amor todas las noches.

–Bueno, la verdad es que… también se puede hacer por las mañanas. ¿Lo sabías?

Gina se echó a reír y movió las caderas voluptuosamente.

–¿Estás seguro?

–Sí. Es más, está escrito en el certificado de matrimonio que es obligatorio. ¿No lo sabías?

–No, pero me parece muy bien –Gina bajó la

mano y le acarició el miembro erecto, haciéndole estremecer–. Y si es obligatorio… supongo que tenemos que cumplir con lo estipulado, ¿no?

Y eso fue lo que hicieron.

Bianca™

**Era una joven virgen e inocente...
hasta la noche de bodas**

El increíblemente sexy y arrogante Paolo Venini necesitaba una esposa y, en cuanto vio a Lily Frome, supo que aquella inocente inglesa sería la candidata perfecta para el puesto...

Lily tuvo que hacer un esfuerzo para adaptarse a la sofisticación del mundo de Paolo... especialmente cuando se dio cuenta de que tendría que cumplir todos los deseos de su marido... Lo que ella no sabía era que Paolo pretendía seducirla llevándosela a pasar la noche de bodas a la maravillosa costa de Amalfi... Una vez dijeran sus votos matrimoniales, la haría suya y sólo suya...

Sólo de él

Diana Hamilton

Acepte 2 de nuestras mejores novelas de amor GRATIS

¡Y reciba un regalo sorpresa!

Oferta especial de tiempo limitado

Rellene el cupón y envíelo a
Harlequin Reader Service®
3010 Walden Ave.
P.O. Box 1867
Buffalo, N.Y. 14240-1867

¡Sí! Por favor, envíenme 2 novelas de amor de Harlequin (1 Bianca® y 1 Deseo®) gratis, más el regalo sorpresa. Luego remítanme 4 novelas nuevas todos los meses, las cuales recibiré mucho antes de que aparezcan en librerías, y factúrenme al bajo precio de $3,24 cada una, más $0,25 por envío e impuesto de ventas, si corresponde*. Este es el precio total, y es un ahorro de casi el 20% sobre el precio de portada. !Una oferta excelente! Entiendo que el hecho de aceptar estos libros y el regalo no me obliga en forma alguna a la compra de libros adicionales. Y también que puedo devolver cualquier envío y cancelar en cualquier momento. Aún si decido no comprar ningún otro libro de Harlequin, los 2 libros gratis y el regalo sorpresa son míos para siempre.

416 LBN DU7N

Nombre y apellido	(Por favor, letra de molde)

Dirección	Apartamento No.

Ciudad	Estado	Zona postal

Esta oferta se limita a un pedido por hogar y no está disponible para los subscriptores actuales de Deseo® y Bianca®.
*Los términos y precios quedan sujetos a cambios sin aviso previo.
Impuestos de ventas aplican en N.Y.

SPN-03   ©2003 Harlequin Enterprises Limited

Matrimonio de negocios
Jessica Hart

Mallory McIver le había prometido a su marido un matrimonio sin ningún tipo de implicación emocional, una especie de negocio.

Entonces Torr anunció que se marchaba a Escocia a restaurar el viejo castillo que había heredado. Y esperaba que Mallory lo acompañara…

Se había casado con un ejecutivo sofisticado y urbanita, pero allí, en el campo, se convirtió en un hombre fuerte, habilidoso y muy atractivo que le estaba provocando sentimientos prohibidos.

Estaba rompiendo las reglas del juego al enamorarse de su propio esposo

Deseo™

Un hombre despiadado

Bronwyn Jameson

Fue aparecer Zara Lovett, la mejor amiga de su ex prometida, con su melena de color miel y sus piernas interminables, y Alex Carlisle sintió una atracción que normalmente solía evitar. Pero toda aquella química no cambiaba nada; Alex aún tenía que cumplir lo estipulado en el testamento de su padre.

Era su objetivo, su obligación, lo único que importaba.

Y se iba a asegurar de que Zara dijera que sí.

Necesitaba una esposa y la necesitaba ya